戀愛要在跳舞前

LOVE MUST BE BEFORE DANCING

你引導我成為最好的模樣，讓我能用最好的自己愛上你。

吉賽兒——著

出・版・緣・起

三百六十度全媒體出版

城邦原創創辦人　何飛鵬

當數位變革浪潮風起雲湧之際，做爲一個紙本出版人，我就開始預想會不會有數位原生內容出版社出現？如果會的話，數位原生出版會以什麼樣貌出現？而我又將如何面對這種數位原生出版行爲？

就在這個時候，我看到了大陸的起點網，這個線上創作平台，聚集了無數的寫手，形成數量龐大的創作內容，無數的素人作家在此找到了夢許之地，也成就了一個創作與閱讀的交流平台，而手機付費閱讀的習慣養成，更讓起點網成爲全世界獨一無二、有生意模式的創作閱讀平台。

基於這樣的想像，我們決定在繁體中文世界打造另一個線上創作平台，這就是POPO原創網誕生的背景。

做爲一個後進者，再加上我們源自紙本出版工作者，因此我們在POPO上增加了許多的新功能，除了必備的創作機制之外，專業編輯的協助必不可少，因此我們保留了實體出版的編輯角色，讓有心成爲專業作家的人，能夠得到編輯的協助，我們會觀察寫作者的內容、進度，選擇有潛力的創作者，給予意見，並在正式收費出版之前，進行最終的包裝，並適當的加入行銷概念，讓讀者能快速認識作者與作品。

這就是POPO原創平台，一個集全素人創作、編輯、公開發行、閱讀、收費與互動的一條龍全數位的價值鏈。

經過這些年的實驗之後，POPO已成功的培養出一些線上原創作者，也擁有部分對新生事物好奇的讀者，不過我們也看到其中的不足——我們並未提供紙本出版服務。眞實世界中，仍有許多作家用紙寫作，還有更多讀者習慣紙本閱讀，如果我們只提供線上服務，似乎仍有缺憾。

爲此我們決定拼上最後一塊全媒體出版的拼圖，爲創作者再提供紙本出版的服務，讓所有在線上創作的作家、作品，有機會用紙本媒介與讀者溝通，這是POPO原創紙本出版品的由來。

如果說線上創作是無門檻的出版行爲，而紙本則有門檻的限制，線上世界寫作只要有心，就能上網、就可露出，就有人會閱讀，沒有印刷成本的門檻限制。可是回到紙本，門檻限制依舊在。因此，我們會針對POPO原創網上適合紙本出版的作品，提供紙本出版的服務，我們無法讓所有線上作品都有線下紙本出版品，但我們開啓一種可能，也讓POPO原創網完成了「三百六十度全媒體出版」的完整產業及閱讀鏈。

不過我們的紙本出版服務，與線下出版社仍有不同，我們提供了不同規格的紙本出版服務：（一）符合紙本出版規格的大眾出版品，門檻在三千本以上。（二）印刷規格在五百到二千本之間的試驗型出版品。（三）五百本以下，少量的限量出版品。

我們的宗旨是：「替作者圓夢，替讀者服務」，在作者與讀者之間搭起一座無障礙橋梁。

我們的信念是：「一日出版人，終生出版人」、「內容永有、書本不死、只是轉型、只是改變」。

我們更相信：知識是改變一個人、一個組織、一個社會、一個國家的起點。讓想像實現、讓創意露出、讓經驗傳承、讓知識留存。我手寫我思，我手寫我見，我手寫我知，我手寫我創，變成一本本的書，這是人類持續向前的動力。

我們永遠是「讀書花園的園丁」，不論實體或虛擬、線上或線下、紙本或數位，我們永遠在，城邦、ＰＯＰＯ原創永遠是閱讀世界的一顆螺絲釘。

楔子

從前，城堡裡有兩位公主，大公主聰敏機慧，二公主嫻靜溫柔，兩位公主的美貌名聞遐邇，國王非常疼愛她們，即便眾多王子誠心求娶，也不願輕易讓公主出嫁。

直到某天，一位各方面條件都很優秀的王子騎著白馬出現。

大公主對王子一見傾心，可王子更喜歡溫柔嫻靜的二公主，並向國王提出迎娶二公主的請求。大公主因而心生妒恨，便命侍衛將二公主捆了，扔進高塔囚禁，自己則頂替二公主嫁給王子。

大婚當晚，王子見新娘不是二公主，憤怒地將大公主抓到國王面前質問。

國王派人徹查，才知道一切都是大公主的詭計，一怒之下便將大公主放逐到森林自生自滅，並救出二公主，讓她與王子重新成婚，兩人從此過著幸福快樂的日子。

「孩子們，這就是我們班畢業公演要表演的舞蹈話劇。」老師念完故事，對底下一眾好奇的孩子笑道：「那我們要讓誰來演美麗的大公主和二公主呢？」

孩子們你看我，我看你，最後目光齊齊落在兩個女孩身上。

老師點點頭，神色似是讚許又有些猶豫，「嗯……靜敏和思穎都很漂亮，不過，誰來演大公主，誰來演二公主呢？」

幼稚園的孩子是沒有什麼決斷能力的，但或許是老師不願意自扮黑臉，因為誰都知道大公主和二公主這兩個漂亮女孩的命運大不相同，若由她來指定角色，只怕哄了一個孩子，卻傷了另一個孩子，到時候孩子向家長告狀，回頭家長找上門，她可吃不消。

這時，一個孩子舉手了。

「老師，二公主是主角，要很會跳舞才行。」徐思穎放下高舉的小手，看了一旁的姚靜敏一眼，「跳舞的話，我比較厲害。」

老師聽了這話傻住，不禁在心底讚歎：好一招先發制人，連她都無法反駁。

徐思穎出身舞蹈世家，母親是爵士舞編舞家，父親則是知名現代舞團的團長，她從會走會跳就開始學舞，舞齡少說也有四年；而姚靜敏父母從事的工作與舞蹈無關，她也不是從小就學舞，會加入幼稚園舞蹈班，只是因為姚父姚母想讓她發展自己的興趣，又覺得跳舞不錯，學舞的孩子不會變壞，僅此而已。論舞技，自然是徐思穎優秀。

舞蹈班的畢業公演，選舞技最好的人當主角似乎是天經地義的事。

於是姚靜敏坐在一旁，什麼也來不及說，由她出演大公主的提議就這麼定了。

她扁著嘴，陷入自己委屈的小宇宙裡。

她其實很想說，雖然自己舞跳得沒有徐思穎好，但她一直很努力，而且自己的個性一點也不像大公主，根本不可能演好這個角色，她也沒有一定要扮演什麼重要角色，不能演二公主，讓她演一棵樹也好。

至少好過飾演大公主……大公主可是整齣戲裡最悲慘的人物啊。

可惜沒人在意她的委屈，此時老師和其他小朋友正忙著選出其餘角色的扮演者。確定飾演二公主的徐思穎指著角落的一名男孩，向老師推薦由他來扮演王子。

老師看著那名同樣出身名門，父母都是優秀舞蹈家的男孩，開口詢問他的意願。

男孩表情木然，眼角還掛著下課時因跌倒疼痛而噴出的淚水，他搖搖頭說：「老師，我能演獵人嗎？」

「獵人？」老師翻看故事稿，不解男孩爲何要指定一個出場不過幾分鐘的角色。

故事中，獵人是大公主被放逐到森林後，受國王委託，暗中監督並保護大公主的存在，整齣戲裡他一句台詞也沒有。

老師想說服男孩改變心意，畢竟他很優秀，戲份不該這麼少，可終究拗不過他的意願。

下課後，老師左思右想，還是有些可惜男孩的天賦，便提筆將故事修改了一下。

二公主和王子，從此過著幸福快樂的日子。

至於大公主，被放逐到森林後，她後悔不已，每天以淚洗面，不出幾個月，她的雙眼便瞎了。

一日，她在森林裡遇見獵人，獵人好心將她收留在自己的小木屋中。後來，獵人愛上了大公主，並向她求婚，但被大公主拒絕了，因爲她很自卑，認爲自己什麼都看不見，會拖累他。

獵人不爲所動，他堅定地單膝跪下，握住大公主的手說……

第一章　要跳舞就別給我戀愛

打鐘了。

班上同學把最後一科的期末考考卷交到講台上時，都是高高興興的，就我例外。人家是交了考卷放暑假，我呢，交了考卷還得去開會。

身為舞社的一員，會不會其實是一種不幸？

待在這種流動率特別高的社團，三天兩頭一旦有人入社、退社，社員就得開會。這不，明明是學期的最後一天了，竟然還有會要開。

我一邊在心裡推算可能的退社人選，一邊慢悠悠穿過文館外的斜坡，大批準備離校返家的人潮與我擦肩而過，聽見他們討論著華麗的暑假計畫，心裡有點不是滋味，腳步又更慢了些，因此等我推開社辦大門進去時，裡面差不多都坐滿了。

目光在室內巡視一圈，我果斷忽略某個還算寬敞的位子，硬是擠在段淳雅身邊坐下。

她特別無奈地看我一眼，「靜敏，全世界都在等妳開會。」

我淡淡地說：「學姊，妳知道有種東西叫期末考嗎？」

「那妳知道有種東西叫『那邊還有位子』嗎？」大概是覺得擠，段淳雅挪動了下屁股，她這一動，我劇烈地晃了幾晃，「妳過去那邊坐啦。」

「我不要。」無視段淳雅的抗議，我的屁股死死黏在沙發上，順便和空位旁的徐思穎四目相對，她頗不屑地瞟我一眼，就把視線移開了。

換作一年前的我接到這一眼，現場絕對免不了一場血光之災，當然，有血光之災的是徐思穎，不是我，但經過一年的洗禮，我已經進化成一位有教養的好淑女，面對她輕視的目光，我只當作是被拍死在牆上的蚊子。

我把注意力放回段淳雅身上，「不過，周甯怎麼還沒來？」

「這就是我們今天開會的原因啊，各位。」段淳雅嘆了口氣，「又有人退社了。」

對於又有人退社這種事，我一點也不意外，拜今年五月的大專盃舞蹈大賽落馬所賜，截至目前爲止退社的人數已經上看十人。第一個退社的人出現時大家還會震驚，但到了第十個，我們只慶幸社辦空間又變得更寬敞了。

「可是有人退社，和周甯沒出現有什麼關係？」我忍不住問。

「因爲退社的人，」段淳雅的無奈之情溢於言表，「就是周甯啊。」

包括我在內，所有人都沉默了。

嗯，退社什麼的不打緊，然而你有聽說過社長退社的嗎？

就好像你收到邀請，進入一個遊戲對戰的房間，結果房主卻退出遊戲……這像話嗎？

「學姊妳說清楚點，社長爲什麼退社？到底發生了什麼事？」我聽到徐思穎又尖又細的聲音。

「唉，反正這些事情大家遲早會知道，我就簡單講一下好了。」爲了讓全社辦的人都能清楚聽見她的話，段淳雅離開沙發，還給我和我的屁股一個完整的空間，「周甯之所以退社，是因爲……她說她準備和男舞社長提分手，怕以後見面尷尬，所以先退社。」

消息一出，一室譁然，但不是因爲周甯要和男舞社長分手，而是……

「他們居然還沒分手？」雖然不太禮貌，我還是脫口而出。

我的疑問是有原因的，說起周甯和她男友，就不得不提到大專盃舞蹈大賽敗北一事。

大一加入舞社時，周甯是大我一屆的學姊，段淳雅和她同屆。當時大二留社的社員不多，周甯和段淳雅的實力及領導能力算是比較受大三學姊們青睞的，因此被授予預備社長和副社長的職位，只等今年九月開學後，就能成爲社團的正式領導人。

周甯和男舞社長交往一事，基本上舞社裡無人不曉。雖然男、女舞一向分社分治，但也因爲他們的戀情而保持著不錯的關係。誰知今年大專盃預賽後兩人大吵一架，又冷戰了好幾個月，不僅把舞社氣氛搞得烏煙瘴氣，身爲男、女舞主將的兩人更因爲無心練習，徹底搞砸了大專盃決賽。

大專盃在大專舞蹈社團界是相當具指標性的重要賽事，比賽結果通常會被拿來衡量一校舞社的實力強弱。眼看今年出師不利，許多大一新生便失去留社的意願，紛紛在期末考前申請退社，我呢，則是少數選擇留下的人之一。

因爲舞社被周甯學姊的私人感情問題搞得分崩離析，大家自然以爲他們老早就分手了，沒想到弄了半天，居然還只是「準備分手」？這步驟要不要分得那麼細啊？

「總之，我們現在沒有社長，就由我暫代社長的位置，大家……應該沒意見吧？」段淳雅小心翼翼地環視眾人，又等了幾秒，沒人提出異議。

其實這句提問挺多餘的，原本九月開學後，段淳雅就會升爲副社長，如今周甯退社，自然是由她接手社長一職；再者，舞社裡沒有大三大四的學姊留社，在場除了她以外，全是大一新生，對舞社這種輩分制度深植人心的社團來說，她現在就是老大，任何事情她說了算。

不過她本來就是傻大姊的性格，我已經習慣了。

「那好。上星期我跟周甯交接過要處理的事，接下來，我會逐一向大家說明。」她俯身從沙發旁的背包拿出一疊紙，看起來像學校的公文，「首先，我要宣布下個學年度預備幹部的人選。」

我發誓，我的心臟暫停了大概0.1秒，胸口沉甸甸的，有點刺痛。

自從大一入社，我等的就是現在，和徐思穎分出高下的這一刻。

如果預備社長是我，而不是她，就能證明即便沒有從小學舞、沒有一對在舞蹈界有極高地位的父母，也不影響實力，證明後天的努力是有用的，證明我終於一雪幼稚園時被羞辱的恥——

「徐思穎，」段淳雅再度開口，把我的美夢一掌拍碎，「九月開學後擔任預備社長，姚靜敏擔任副社長。」

好吧，顯然我錯了。經過一整年的奮鬥，我啥都沒能證明，到現在仍屈居她之下。

徐思穎朝我投來勝利的目光，而我，毫不猶豫地勇敢回望。這種時候閃避就徹底輸了，我要用自信的眼神告訴她：來日方長，老娘有的是機會！

雖然從小到大一路輸給她的經驗告訴我，這機會有愈來愈渺茫的趨勢。

「先說好，有意見不要來找我，因爲這不是我安排的，還有啊，這已經算是今天最好的消息了，我還有一個壞消息要告訴妳們……」段淳雅突然重重嘆氣，嚇得社員們面面相覷，「我們，被砍經費了。」

我只感覺心底「喀噹」一聲，然後聽見徐思穎倒抽一口氣。

舞社的經費支出項目不多，除了比賽的報名費用和服裝道具的花費外，最大宗的就屬聘請社團老師的學費，想到這裡，我心裡有股不祥的預感。

「所以……我們還請得起小澤老師嗎？」我問，相信大家和我一樣想知道答案。

「嗯，請不起了。」段淳雅沉重地宣布。

這消息如雷一般劈進社辦，社員們面如死灰，一副大難臨頭的樣子。

小澤是目前業界公認New Jazz編得最好看、最精湛的老師，今年大專盃若不是受私人因素影響，女舞靠小澤的編舞拿下冠軍絕對不是問題。換言之，小澤老師和她的編舞就是我們能否在大專盃屌打其他學校的關鍵。

「爲什麼會突然被砍經費？」有人這麼問。

段淳雅又嘆了一口氣，「大家應該都知道這學期的西音社非常活躍吧？拿到北區金嗓獎的首獎後，留社社員數飆升到往年的三倍。學校每年撥給社團的預算都是固定的，給西音社的經費變多，相對就會有其他社團的經費被縮減……」

「可爲什麼偏偏砍我們的經費？要也是所有社團平攤吧！」另一個人問。

段淳雅還來不及嘆第三口氣，徐思穎就翻了個白眼搶白道：「還需要問嗎？大專盃輸得這麼難看，留社社員剩不到十個，而且幾乎都是新生……如果我是學校，也會先挑舞社開刀。」

這話說得可眞尖酸刻薄，但是我一點錯誤都挑不出來……舞社的現況的確不太樂觀。

「那男舞呢？」我開口，忽然想到舞社其實還有另外半個部門存在，「他們大專盃不是也沒跳好嗎？」

「嗯，的確，所以學校——」段淳雅話還沒說完，就被社辦門口傳來的騷動打斷。

門外像是有一大群人在說話般吵雜，我回過頭，正好看見門把被誰壓下，然後門開了，幾坨黑影伴隨箱子和紙袋湧進社辦，我嚇得跳起來，往後一退。

嗯，說是黑影，正確來說是一大群因爲背光而看起來像黑影的人，而且與其說是湧進社辦，不如說他們是和那些箱子及紙袋一起摔進來的，因爲地上歪七扭八地躺了一大堆人，某幾個被壓在底下的正不斷發出哀號。

「嘖，說曹操，曹操就到了。」段淳雅揉著眉心。

聽她這麼說，我才發現那群剛站起身、正在整理衣服的，全部都是男舞的社員。

一見是男舞的人，女舞社員們如臨大敵，紛紛從椅子上跳起來。

雖然在周甯學姊和男舞社長大吵一架之前，男女舞的關係還不錯，不過自從大專盃雙敗北，兩邊的關係就變得相當惡劣，社員們都需要找對象怪罪和發洩，於是女舞的人私下埋怨男舞社長，男舞對周甯學姊的觀感自然也不會太好。

「你們爲什麼闖進我們社辦？」我問離我最近的那個男生，他正試圖推開壓在他身上的人，想從地上爬起來，「總不可能是迷路了吧？」

「喔，原來妳們還沒聽說啊？」他邊說邊抬起頭，是張我有印象的臉。

這不是二年級的袁尚禾嗎？

「男舞的社辦被學校回收啦，應該是挪去給西音社用了吧，我猜。」

喔，所以女舞被砍經費，男舞社辦被回收，聽起來挺公平的。

「可是這和你們闖進我們社辦有什麼關係？」我的視線從散落一地的箱子及紙袋上掃過，「還帶著一堆東西，該不會……」

腦子裡瞬間閃過一個有點驚悚的答案。

不等任何人回答，我睜大眼睛直搖頭，「不可能！」

但袁尚禾卻露出一副欠揍的表情朝我點頭，似乎在告訴我：妳猜對了。

「不行，你們想都別想！」大喊出聲的同時，我發現自己根本沒立場拒絕，況且對方還是大二的學長，照理說咳個嗽都比我有分量。

於是，我轉頭向段淳雅求助：「學姊，妳快拒絕他們！社辦那麼小，我們自己用都不夠，怎麼能分給他們？」

話一說完，明白來龍去脈的女舞社員們頓時七嘴八舌地抱怨起來，社辦裡又是一陣鬧騰。

我絕不是因爲對方是男舞的人才這樣說的，雖然我有十足的理由這麼做，而是因爲我們的社團辦公室眞的小到令人厭棄，在經歷上週的退社潮前，部分的社員甚至要站著開會。本來呢，地方小歸小，社員清一色是女生的時候，擠一擠不算什麼大事，可一旦加入男社員，那就完全是兩碼子事了。

想像一下，本來只有香水味、洗髮精味、沐浴乳味和化妝品味的社辦，之後可能會湧入臭襪子味、汗酸臭味、油頭味、廚餘味……想想我就覺得噁心。

這件事，說什麼也不能同意！

好在，堅決反對的不是只有我一個人。

「你們社辦被收回，關我們什麼事啊？」徐思穎一向比我更討厭不美好的事物，如果說我對髒亂的厭惡只是一般人程度，那她絕對是公主級別的，而現在地上那堆散放的箱子和紙袋顯然已經惹惱了她。她慢條斯理地順了順頭髮，道：「你們經費又沒被砍，不會花錢租教室嗎？」

嘖，要不是說這話的人是徐思穎，我差點要鼓掌了，難得我也有和她站在一個陣線同仇敵愾的時候，眞可謂歷史性的一刻。光憑這點，就知道男舞這突如其來的要求有多不合理、多討人厭。

袁尙禾拍拍身上的灰塵，笑得吊兒郎當，「只是共用社辦，又不是同居，妳們幹麼反應那麼大？該不會是害羞吧？」說完，他和其他男舞社員們大笑起來。

嘔，果然夠猥瑣。都還沒共用，說話就這麼不檢點了，誰還敢想共用以後的事啊？我往袁尙禾跟前踏出一步，試圖以凶狠的眼神和不服輸的氣勢讓他感受到壓迫，「誰跟你害羞？你們難道看不出來這社辦很小，根本無法容納這麼多人嗎？」

可惜，在他一百八十公分的身高面前，我無論做什麼都像是打醬油的。

「同學，妳想法別這麼死板好嗎？身爲大學生，凡事要懂得變通啊！」一個斜戴棒球帽，身高不到平均水準的男生不知道從哪冒出來，對我說教：「我們不要同個時段出現不就行了？只要一方在開會，另一方就去活動中心練舞，錯開時間，不就能容納了嗎？」

他一臉「這麼簡單的道理怎麼還要我來教妳呢」的表情對我說。

就字面上來說，他的提議挑不出錯，然而，共用社辦產生的問題不只是容納空間有限而已。

於是，接下來的爭辯就由儲藏空間和活動時間的分配到使用習慣等事，一路吵個沒完，不管一方說了什麼，另一方總是有理由反駁。我只是奇怪，爲什麼段淳雅明明身爲我們當中說話最有分量的人，卻一句話都不和男舞爭辯，反而袖手旁觀。

就在雙方爭執不下，即將打起來的那一刻，社辦大門再度被打開。

背著光線，我只看得出門外的是個男生，不特別高，但從比例上看腿挺長的，他一隻手勾著背包的肩帶，另一手拿了個公文夾，站在那兒頗有點救世主的味道。

按照這個登場的節奏，我有種他是爲了終結戰爭而來的感覺，要不，還能自帶背景光暈嗎？

剛才還在對我說教的矮子親切地迎上去，「穆宇，怎麼現在才來？都錯過一場好戲了。」

那個不知道是木魚還是穆宇的男生不疾不徐地踏進來，臉上表情很淡。

「去辦點事。」他說，嗓音高低正好介於袁尚禾和那矮子之間。

「你現在來也不晚，」矮子一副討到救兵，得意洋洋的樣子，那表情很適合用來召喚拳頭，「她們說社辦太小不給共用！這理由太荒謬了，你評評理——」

「不必吵了。」木魚把手上的公文夾往桌面一扔，「我都處理好了。」

處理好什麼？眾人紛紛朝公文夾看去。

那是一份同意書，內文大致上是說女舞同意與男舞共用社辦，底下則是雙方代表人的簽名。我眨眨眼，段淳雅的簽名爲什麼會在上面？

段淳雅大概也知道，如果她再繼續沉默，抨擊的砲火很快就會轉移到她那兒，於是趕緊出面替自己緩頰，「各位，關於這件事，我剛才正想要告訴妳們，誰知道男舞的人突然闖進來，妳們又起了那麼大的衝突，我實在沒機會說……」

「現在說也不遲。」木魚在一旁默默插了句。

「總之，和男舞共用社辦這件事，我已經答應了，當然這不是無償的。」發現自家社員都用驚駭的目光看著她，她連忙補充：「交換條件是下學年男舞請來的新指導老師必須與我們共用。」

新的指導老師？我立刻提問：「爲什麼不繼續請小澤老師？」

「小澤專攻性感爵士，不擅長男舞。」木魚又說話了，「不過她有個徒弟今年開始出來教課，她的舞風比較多元，我認爲如果要共用指導老師，她會更適合。」

女舞社員們陷入思考。

好吧，聽起來挺有道理的，總不能逼男舞的人跟我們一起扭腰擺臀吧？就算他們願意，那畫面太美我可不敢看。既然請新的指導老師不用花我們的經費，她又師承小澤，想來程度不會差到哪裡去，這筆交易還算值。

我低頭細看公文……簡穆宇？是那木魚的名字？

「可是你誰呀？」我的視線掃過其他男舞社員，再看向他。基本上男舞的大部分面孔我都有印象，只有他，從名字到臉蛋都陌生得很。新生就算了，但能代表男舞簽同意書的恐怕不是什麼等閒之輩，爲什麼我從來沒見過他？

「趁這個機會給妳們介紹一下，」矮子又跳出來，彷彿他是木魚的代言人，「他是簡穆宇，之前一直待在韓國接受舞者培訓，今年決定回來念大二並且加入我們舞社。下學年開始他就是男舞的社長，之後有什麼要交涉的，我們男舞都以他的意見爲主，OK？」

好一個英雄出少年的出場介紹詞，不過……他不是和我一樣才準備升大二而已嗎？我乾瞪著眼，「大二就當社長？這符合規定嗎？」

「不要太在意規定，在我們男舞啊……」那臭矮子笑得極度討人厭，「實力說話。」

♪

等我終於離開學校時，天色已然暗下，方圓十里內好似一座空城，學生早就走光了，幸好我住得近，從學校搭捷運只要三站就可以到家，不用急著回去。我奔進學校側門附近的一間韓式料理店，小丹似乎已經等我一陣子了。

「靜敏，妳來啦？」她對我瘋狂揮手，速度快到都產生殘影，「先點餐吧。」

我手忙腳亂地把背包放進用來當作椅子的鐵桶裡，連菜單都沒翻，就跟一旁的服務生點了一碗炒碼麵，小丹則點了一道海鮮豆腐鍋，服務生劃好單後離開，而我總算有時間喘口氣。

「辛苦妳了。」小丹露出溫暖的笑容，往我手心塞了一把糖果，「妳們社團開會怎麼開這麼晚？」

我把糖果放進口袋，嘆了口氣，「一言難盡啊……這年頭想好好參加社團怎麼就這麼難？」

我開始向小丹大吐苦水，期間我點的炒碼麵先被端上桌。

聽我說完來龍去脈，小丹的眉頭皺得比我還緊，「周甯學姊跟她的社長男友也太不負責任了吧？闖完禍就退社，還留下一堆爛攤子給妳們收……」

「小丹，我好欣慰，」我隨手把頭髮紮成馬尾，「難得妳這麼快就抓到事情的重點。」

「唉唷，妳還有心情笑我喔？」我肩上挨了一記粉拳，害得我差點把筷子上的麵甩出去，「我是覺得妳們舞社現在被搞成這樣，說不定退社對妳來說比較好……妳才要升大二，現在加入其他社團也不算太晚，妳懂我的意思嗎？」

服務生送來小丹點的海鮮豆腐鍋，我順手幫她把湯裡的蔥花挑到衛生紙上，再偷喝一口，暖呼呼的好舒爽，「我當然懂妳意思，只是現在還沒到讓我想退社的程度。比起這些破事，我更在意的是……」

話還沒說完，我看見徐思穎和幾個同伴推門進來，而她也發現了我。

她對我笑了一下，但那個笑容絕對不是代表「好巧啊，真高興見到妳」，從她嘴角的那抹輕蔑看來，她是在炫耀她的勝利。

「欸，那不是徐思穎嗎？」小丹回頭瞥了眼，「妳剛剛說妳更在意什麼？」

我嘆氣，然後再嘆氣。沒辦法，誰叫這件事特別傷我自尊。

「我居然沒當上預備社長！」我沉痛地宣布這個消息，感覺就像興致勃勃地排隊買手搖杯，好不容易輪到妳時，店員卻說珍珠沒了一樣。我很沉痛地喝了口炒碼麵的湯，被辣得舌頭像要燒起來，「在我鬥爭徐思穎的漫漫長路上，又多了一筆黑歷史。」

小丹露出疑惑的神情，「可是，我聽說舞社的預備社長也不是一定就會當上社長，不是還得看接下來一年的表現嗎？如果表現不好，被換掉也是有可能的。」

我接過小丹遞來的衛生紙，抹掉嘴唇上的紅色醬漬，「唔，是沒錯啦。」

「所以啊，靜敏，不要那麼快就灰心嘛。」她笑起來，那大概是我見過最單純無害的笑容了，「只要這一年妳好好表現，超越徐思穎，大三一定能當上社長的！」

我無語地望著黃小丹，她則以「我對妳很有信心唷」的表情看我。

說得好像超越徐思穎很容易一樣……如果真的那麼容易，我需要花十幾年去做這件事嗎？

小丹畢竟不是學舞的人，不懂外行人眼中的差一點，在內行人看來其實是差很多，而徐思穎也的確不是個容易戰勝的對象。撇開出身背景和成長過程中的優勢不談，事實上她努力的程度與我不相上下，這代表我只有努力是不夠的，可能還需要一些別的東西來輔助。

比如說，奇蹟什麼的。

「對了靜敏，妳暑假有什麼計畫？」小丹笑嘻嘻地問我，「我已經決定去夜市的糖果店打工了！」

腦中迅速閃過糖果店花俏的裝潢，以及小丹站在其中的模樣，我忍不住笑道：「嗯，很適合妳。」

「那妳呢？妳會去打工嗎？」她興奮地問，見我點頭，她更興奮了，「在哪裡？」

「在學校捷運站對面的那間舞蹈教室。」我翻出手機裡通知錄取的簡訊給她看，「上星期路過，看到他們在徵行政助理，我就投履歷了。」

「哇，聽起來好棒！」小丹眼中閃爍著光芒，「一定很好玩。」

嗯，我當然也希望很好玩，但其實一點都不好玩。

第一天上班，我花了好幾個小時跟暑期課表奮鬥，時間就在我努力對齊表格裡的數字和線條時悄悄流逝。坦白說，文書處理真的不是我的強項，更別提那些計算學員學費、退費、插班費之類的會計庶務……

「把時間拿去做更有意義的事」的念頭不斷浮現在我腦海。

要不是在這裡上班可以免費借用他們的小教室練舞，我大概是忍不下來的。

雖然暑假期間學校的活動中心開放社團租借使用，但我一點也不想去登記，因爲這種收費的舞蹈教室和學校的練舞空間一比，沒別的，就是一個「好」字。

舞蹈教室的所有設備都很新，音響不會破音、木頭地板不會下陷並發出怪聲、鏡子不會起霧還擦不乾淨、燈不會鬧脾氣愛亮不亮的，以及練完舞還有淋浴間能沖澡換裝。

最重要的是：這裡有冷氣。

身爲一個極度怕熱的舞社社員，我本以爲沒有人會比我更明白冷氣的重要性，直到任職滿一週的那天下午，我瞧見那顆木魚走進舞蹈教室大門。顯然他跟我一樣，在練舞環境這件事情上有些好逸惡勞。

說眞的，那一刻我非常掙扎，不知道是要擺出「喔，你怎麼會在這裡」的詫異表情，還是端出「你好，有什麼需要爲你服務嗎」的專業笑容……這是個很兩難的決定，可我必須做出選擇，因爲我的工作地點就在櫃台，他一定會看見我。

猶豫了片刻，我抬起頭，正好撞上他探詢的目光。這顆木魚也眞是奇怪，連有求於人的表情都可以如此淡漠，要不要這麼高冷啊？

於是，在那瞬間我決定端出專業的笑容，「你好，有什麼需要爲你服務的嗎？」

仔細想想這個決定才是正確的，我怎麼會有「他應該認得我吧」這種自大的想法呢？

簡穆宇瞅著我默了半晌，然後說：「妳怎麼會在這裡？」

好吧，我錯了，世事瞬息萬變，「出乎意料」這種驚喜每分每秒都在發生。

就像上一秒，我以爲他不認得我，他卻認出了我；就像下一秒，我以爲他是來上課或練舞的，然而他卻是來教課的。

……教課欸！知名舞蹈教室居然找了一個才準備升大二的毛頭小子過來教課？

「喂，老金。」剛好這時創辦人兼我老闆的金老師結束一堂課，從大教室走出來，我一邊和下課的學員們揮手道別，一邊不露痕跡地問：「你很缺錢？」

老金站在櫃台後拿毛巾擦汗，「什麼意思？」

「不然你教師費有需要省成這樣？」我指向正要走進教室的簡穆宇，「省到請一個大學生來教課？」

老金順著我手指的方向看去，接著回頭瞪我，「姚靜敏妳傻啦？妳以爲請他很便宜？」

「……難不成很貴嗎？」不就一個大二的舞社社長而已嗎？

「簡穆宇在韓國接受專業的舞蹈培訓整整十年！光這資歷就不知道贏過多少人了，更別說他在韓國的老師也不是隨便的人物，幫很多大牌偶像、藝人編過舞。」

喔，在韓國學過舞啊……好像有點印象，開會那天矮子似乎有提到。

只是奇怪了，爲什麼老金講得好像我必須知道這件事一樣？這很重要嗎？

老金見我一臉茫然，狠狠剜了我一眼，「妳身爲一個學舞的人，怎麼對與自身相關的資訊這麼陌生？他結束培訓回國的消息已經在圈子裡傳很久了。」

所以老金這句話是想表達，簡穆宇在台灣舞蹈界是個知名人士，而我很孤陋寡聞是嗎？

好一個十大傑出青年，平平都是大二生，他已經成為舞蹈界的指標人物，而我呢？還在這裡做櫃台的行政工作……只能說，命好就是不一樣。

我搖頭，感嘆自己的命運；老金也搖頭，感嘆我沒救了。

簡穆宇教課的教室正好在櫃台旁，隔著一道玻璃門也可以看得很清楚。我一邊工作，一邊偷偷觀察他……嗯，有那樣雄厚的底子，舞蹈功力確實沒話說，只是教課的時候，他的面癱似乎比平常更嚴重了……這樣沒問題嗎？

這想法才剛經過腦子，我就被簡穆宇從鏡子裡瞪了一眼。這一眼，瞪得我心裡發寒。唉，人果然不能背地裡說人壞話，連在心裡想想都不行。

後來，即使他曾經在報到那天對我說過「妳怎麼會在這裡」，我和簡穆宇依舊像是兩個陌生人，甚至每次從他來教課到他離開，我們之間都不曾再有過任何對話，這互動比我和其他老師的都還要少。

我們明明是同個社團的，不是嗎？

聽完老金的話之後，我特地上網查了簡穆宇的資料，才知道他和徐思穎一樣，也是舞蹈世家出身。他媽媽畢業於英國皇家芭蕾舞學院，爸爸則是紐約百老匯舞蹈中心少數的華人教師之一，有如此輝煌的成長背景，簡穆宇應該很難長成一個泛泛之輩吧？

那麼問題來了，既然我們舞社裡就有一個如此優秀的人才，爲何還要額外花錢請外面的老師指導社團？用那點經費請回來的人難道會比簡穆宇更厲害？

這個問題我一直想當面問他，說不定問清楚後，社團可以省下外聘教師的費用，可從互動看來，我們實在很生疏，我又不想讓其他社員知道我和他在同一個舞蹈教室打工，畢竟他擔任教師，而我只是一個行政助理這件事，眞的太傷自尊了。

於是，就在找不到人討論的情況下，這件事漸漸被我淡忘。

轉眼，暑假已經過了一半。八月上旬，正是熱的時候。

平常九點到教室打完卡後，我要做的第一件事就是張羅午餐，身爲一個負責處理行政事務的工讀生，每天幫老師們訂午餐是我的工作之一。

我研究了一下附近幾家店的餐點，覺得這麼熱的天挺適合吃泰式便當的，正要繼續研究，手裡的菜單就被人一把抽走。

「今天不用訂。」老金把菜單釘回白板上，「我們中午不在。」

「不在？去哪？」我點開舞蹈教室官網的行事曆，指著今天那格，「沒行程啊！」

「去藝人的婚禮表演啦，差不多一點就要離開了。下午停課，學員們我上星期都通知過了。」老金擠眉弄眼，似乎是想暗示我要去的是哪位藝人的婚禮，可惜我比較愚鈍，沒看出來，「這種行程不太方便放到官網上。」

好吧，有道理。其實我並不是很在意究竟是哪個藝人要結婚，比起這個，我更在意的是，既然老師和學員都不在，那我今天要幹麼？

正要開口詢問，就見到簡穆宇走了進來，他跟老金點了個頭算是打招呼，至於我嘛，就只淡淡地瞟了一眼。

他這副臭跩模樣也不是一天兩天的事了，我已經習慣，也不怎麼在意，不過……

「簡穆宇呢？跟你們一起去？」我瞪著他的背影問。

「沒有，他不接這種表演的。」老金道，順著我的視線看向簡穆宇，「我問過他了，他說下午要留在這裡備課。」

他要留在這裡備課？那不就意味著我也得留下來陪他嗎？教室鑰匙只有我和老金有啊。

「至於妳……下午就別理帳了，今天給妳放一天假。」老金左看右看，打量四周，「抽點時間把環境整理一下就行了，接下來妳想練舞就練吧，空教室隨便妳用。」

本來我還嘴角下垂，一聽老金說空教室隨便我用，不禁高興地笑了。最近想複習的舞碼不少，一個下午的時間應該可以有不少進度。

中午送走老金他們，我肚子也餓了，從教室的落地窗望出去，外面的太陽似乎能把人曬昏，讓我很想叫外送來解決午餐，但我一個人再怎麼吃，也不可能吃到外送金額的門尷……眼下大概只能靠簡穆宇幫忙了，雖然我很清楚他的孤僻，可他是我唯一的希望了。

「喔，我不餓，妳吃吧。」結果，他大少爺直接讓我吃了個閉門羹。

眞的是對他感到很切心！他難道不明白什麼叫做「從善如流」嗎？

Fine！我就頂著太陽去買，最好買回一桌山珍海味讓他後悔得要死！

去買午餐的路上，我爲了要吃什麼而煩惱很久。是打拋豬肉飯好，還是椒麻雞肉飯好呢？嗯……大薄片好像也很不錯啊……不過前面朝我走過來的那人怎麼這麼眼熟啊？

一開始，我先是被他目測超過一百八十公分的身高吸引，接著看到一個妹子掛在他的手臂上，兩人有說有笑，狀似親密，然後那人愈走愈近……見鬼，這不是袁尚禾嗎？

在路上遇見點頭之交眞的是件極尷尬的事，不打招呼不行，打完招呼又不知道要說些什麼，我和袁尚禾之間就有點這個氣氛，至少我是這麼想的。眼見我和他的距離漸漸縮短，一下子只剩幾公尺了，於是我……

立刻低頭玩手機，假裝沒看見他。

我不知道他有沒有看到我，但我由衷希望他沒有。

然而在擦身而過的那瞬間，我明明可以，也應該裝死到底的，可八卦的吸引力實在太大，我忍不住抬頭，不偏不倚撞上袁尚禾的視線。

目光交會的時間很短，大約只有一秒。

也幸好，只有一秒。

外頭的天氣眞的很熱，曬得我無法思考，一直到十幾分鐘後我回到教室，吹了冷氣放鬆下來，才想起一件滿弔詭的事。

袁尚禾是有女朋友的，這件事在學校裡無人不曉。他的女友是與他同系同級的班花，因爲長得漂亮，私底下被學弟妹們暱稱爲「天仙學姊」。兩人的感情很好，連不太關心八卦的我都在學校裡見過他們不少次放閃的現場，據說已經交往四、五年了，大家都很看好他們，認爲兩人一定會結婚。

可事情弔詭的地方就在於……剛才掛在他手臂上的人，並不是天仙學姊。

我好像不小心知道什麼不得了的事了。

窺見別人的祕密還不幸被當事人發現，其嚴重性可大可小，運氣好的話，我可以揣著這個祕密終老，把它帶進墳墓；運氣不好的話，我可能明天就會被袁尚禾僱用的殺手做掉，犯案現場說不定還會被布置成是自殺。

怎麼辦？我是不是應該馬上發一個不自殺聲明？

下午，簡穆宇果眞如他所說的留在教室備課，一邊用手機看影片找靈感，一邊編舞。本來想問他要不要吃點什麼，但他周身散發出一股「生人勿近」的氣息，我就非常識相地沒去打擾他，把舞蹈教室的大門鎖上後開始打掃。

打掃教室其實不算是苦差事，雖然所有教室加總的空間頗大，不過老金每個月都會叫專人清潔、地板打蠟，外加環境消毒。一般情況下教室都挺乾淨的，我要做的只有把諸如音源線和手機腳架等物品歸回原處，以及檢查是否有學員遺留私人物品。

爲了不打擾簡穆宇，我特地從最遠的小教室開始整理，但仍無法避免地愈來愈靠近他，除了他所在的教室，其他地方都已經打掃乾淨。

好在老天對我不錯，我進去打掃時，簡穆宇不在教室裡。看這個時間，這傢伙應該是去吃飯了，正好我可以趁現在整理，這樣他礙不著我，我也不會打擾到他。

大教室一共兩間，簡穆宇所在的這間格局略有不同，教室深處多了間儲藏室，我把外頭收拾乾淨後，就溜進去了。

在所有區域裡，儲藏室大概是最亂的地方，架上備用的乾淨毛巾被翻得亂七八糟，該捲好堆放的音源線和延長線打結成一團，還有老師們平常穿慣的便服和團服被扔了一地，也不知道是乾淨的還是髒的，這種彷彿被原子彈轟炸過的慘況，每週都要上演一次。

當然，上演的前提是，有人先把儲藏室恢復原狀。

我拿了個大袋子，接著把地上的衣服一件件撿起來，憑嗅覺判斷它是應該被掛回衣櫃，或是該扔進大袋子送洗，誰知工作才進行到一半，燈毫無預警地熄了。

我這個人沒什麼弱點，不怕蟲、不怕鬼、不怕痛；敢吃蔥、敢吃辣、敢吃苦瓜；對尖銳或密集的物體也不會感到恐懼，甚至連刮黑板的聲音都不怕。

可是我怕黑。

前項所述的任何情況我都能淡定處理，唯有熄燈這件事不行，尤其當我發現自己身處在一個沒有窗戶的密閉空間時，我放聲尖叫。

一個怕黑的人陷入黑暗，除了恐懼，是做不出任何反應的，更別提自己找路出去，哪怕儲藏室很小。幸好，在我覺得即將被這片黑暗吃掉之際，有人打開儲藏室的門，門外的光線射入，一股得救的感覺瞬間從心中升起。

簡穆宇面無表情地站在門口，「抱歉，我不知道妳在裡面，順手把燈關了。剛才是妳在尖叫？」

對黑暗的恐懼一點一點淡去，取而代之的是憤怒。

「不然會是壁虎嗎？」我抓起被我扔在地上，裝著髒衣服的大袋子，迫不及待地從他身邊的空隙鑽出去，回到光明的領地，「害我以爲停電了……拜託你下次關燈前，先確認裡面有沒有人。」

「喔。」簡穆宇說，想了一會兒又問：「妳怕黑？」

這傢伙是在問廢話嗎？

我沒好氣道：「怕，但我更怕白痴。」

說完，我拎著大袋子衝出教室，把髒衣服扛到樓下洗衣店送洗。

多虧了簡穆宇這順手一關，這麼熱的天我卻到現在還四肢發冷，連走得快一點都有問題，更別說是練舞了。像他這種少根筋的人大概無法理解當時的情況有多恐怖，我也不指望他會對我有什麼後續關心。

這年頭，自強才是正道。

我晃到隔壁的便利商店準備幫自己買杯熱可可，卻發現簡穆宇正在櫃台結帳，他的頭半仰，盯著牆上的飲料品項出神，我不甘願地踱到一旁，等待店員注意到我。

然而卻是簡穆宇先發現我，「欸，妳來得正好，要喝什麼？」

欸什麼欸，沒禮貌。我忍住翻白眼的衝動看向他，「啥？」

「我看妳臉色有點蒼白，想喝什麼我請客，算是賠罪了。」他的語氣雖然沒什麼起伏，不過話裡的內容還算有誠意，我的氣大約消了兩百分之一。

我捧著簡穆宇買的熱可可，他則買了一瓶水，我們坐在便利商店外的露天咖啡座相對無言。我和他都不是健談的性格，沒事湊在一起只會愈來愈尷尬，但我仍試圖改善尷尬的氣氛，畢竟以後有的是機會見面。

於是我說：「你……吃過飯了嗎？」

對不起，我盡力了……我找話題的功力就是如此不濟。

「嗯，吃了一個飯糰。」他說。

「飯糰？」我順著他的話繼續往下聊，免得難得開啓的交談夭折，「會不會太少了？」

他瞅了我一眼，然後喝水，「體重管理也是舞者的專業之一。」

很好，就在我搞不清楚他是陳述事實，還是笑我吃太多的情況下，這話題短命了。熱可可很燙，我無法三兩口喝完，他也沒有要先回去的意思，於是我們之間又迎來五分鐘的無話可說，當杯子即將見底，我突然想起一件事。

「對了，我有件事想問你。」我說，而他一臉「我在聽」的表情，所以我接著問：「既然你的能力可以在舞蹈教室教課，爲什麼不當社團的指導老師？」

簡穆宇看著我沉默了許久，害我以爲自己問了個蠢問題。

「我的意思是，外面請來的老師不見得比你厲害……」該死，我爲什麼要恭維他？雖然我確實是這麼想，「還是社團給的學費對你而言太少了？」

假如「錢」眞的是簡穆宇不親自帶社團的原因，那我只能說我理智上理解，但情感上不理解。

既然都要花時間在社課上，學費多寡對他來說眞的有差嗎？他家境好到都可以在韓國受訓十年了。

簡穆宇搖頭。很好，他終於有沉默以外的反應了。

「不是因爲學費，而是我不想教認識的人。」

「爲什麼？」其實我有預感不應該再往下問，但就是管不住自己的嘴。

簡穆宇瞇起眼，側頭望向陽光，「因爲被我教過的，最後和我都當不成朋友。」

第二章　要跳舞就別給我抄襲

開學第一天，從早上八點開始就是滿滿的大二必修課。

我把大學生分成兩種：一種是認眞抄筆記，上課坐第一排，還會舉手發問的模範生，我呢，不屬於這一種；另一種是會在早上八點的時候吃早餐，吃完立刻趴下補眠，然後在十點醒來化妝的問題生，我就是這一種。

多虧星期一上午的兩門課都在同間教室上課，我不用換教室，幸福地多睡了十分鐘，醒來時，老師正好在點名，還恰巧點到我的名字，我含糊應了聲，正想找東西擦臉醒神，小丹馬上從背包翻出濕紙巾給我。

「知我者莫若丹，嘖嘖。」我裝模作樣地感嘆，接過紙巾胡亂把臉抹乾淨。

「少噁心了。」小丹嘴上雖然這麼說，卻笑得很開心。她推推眼鏡，把筆記本攤開，而我從包包拿出立鏡和化妝包，開始我們畫風截然不同的一堂課。

黃小丹就是我不屬於的，那另一種大學生。

若要問像我這種八點補眠、十點化妝的問題生是如何安然度過大一的，答案就是黃小丹。我永遠可以無償拿到她劃過重點的講義和整理好的筆記，這兩個法寶支撐著混水摸魚的我走過大一二十五學分的天堂路。

作爲一個好學生，小丹大部分時間都相當盡責，當然，偶有例外，比如說現在。

「靜敏，妳聽說那件事了嗎？」她眼睛盯著黑板，微微側身靠近我，壓低音量說話的嘴唇幾乎沒怎麼動過，要不是我夠了解她，可能會以爲這是腹語。

與她的遮遮掩掩不同，我邊抹粉底液，邊大剌剌地反問：「哪件？這學期開始禁餵校狗？還是系主任的假髮被風吹進福園？」

福園是我們文館附近的一個水池，池上有假山造景，池內養著觀賞魚，爲校園增添些許古風氣息。不過對學生而言，福園最大的功用不是觀賞，而是拿來扔人的，按照學校傳統，壽星在生日當天都該被扔進池子裡。

「不是啦，我說的是，」小丹邊說邊低頭抄筆記，我偷偷瞥了眼，那筆記寫得工整，我眞佩服她一心二用的功力，「妳們舞社的袁學長和天仙學姊分手了。」

「蛤？」我不禁驚呼，可隨即意識到這不關我的事，我不該這麼驚訝，於是連忙補上一句：「喔。」

小丹似乎還想繼續討論，但教授突然開始講第一次分組報告需要注意的事項，她只得專心。

其實我很怕她誤會，我剛才之所以脫口說出「蛤」，並不是因爲我對袁尚禾或天仙學姊有多關注，或是對他們的分手感到惋惜，而是猛地想起暑假時的插曲……對，我撞見袁尚禾疑似劈腿的場面。

我不是好事者，也沒小丹這麼八卦，這件事我從沒對別人提過，也許事情沒有我想的那麼嚴重……小丹只說他們分手，卻沒說是何時分手，可能在我撞見袁尚禾摟著其他妹子時，他跟學姊就已經切八斷了，如果是這樣，那他也算不上劈腿，頂多就是無縫接軌。

可是為什麼我那麼不安呢？

五個小時後，造成我不安的源頭出現在下午三點的選修課教室裡。

要不是早聽說這堂課的教授很愛點名，我應該真的會來一個華麗的轉身，然後離開。袁尚禾就在那裡，坐在教室的最後一排，全身散發著危險的費洛蒙。

一群不知道哪裡來的白痴少女圍著他打轉，笑得花枝招展。她們難道看不出來袁尚禾那是獵人盯上獵物的眼神嗎？再花痴就要倒大楣啦，還不尖叫逃跑！

有時候災難來臨就是這樣的，你救不了所有人，只能選擇自保，所以我挑了一個離他夠遠，又在他視線死角的位子，打算低調上完這堂選修課。幸好小丹沒選這堂課，不然她肯定又要大驚小怪了，到時候不被袁尚禾注意到才怪。

五點下課鐘響時，我刻意把所有動作放到最慢，目的是等袁尚禾離開教室後，我再起來活動，這個做法最不惹眼，我想應該能保我安全過關。於是我像隻樹懶，慢吞吞地把課本和筆記收到背包裡，就在我覺得時間已經拖延得夠久，袁尚禾應該已經離開教室時，一隻手拍上我肩膀。

「妳是舞社的學妹對吧？我好像見過妳。」是袁尚禾的聲音。

……老天爺，祢一天不衝康我是會死嗎？

我當機立斷把桌上東西一把掃進背包，裡面包含了滿桌的橡皮擦屑，眞噁心，然後扯了一個笑容，站起來轉身。

「學長，眞巧啊。」不，我恨透滿臉假笑的我自己！我到底在怕什麼？「如果沒什麼事的話，我先走了，學長再見。」

我逃跑的速度可比閃電，應該是腎上腺素帶來的效果，但袁尙禾有身高和腿長的優勢，我才剛要衝下樓梯就被他追上，他在我身後喊了聲「學妹——」，我心一驚，腳下頓時踩空。

多麼優雅唯美的一秒，彷彿世界萬物都放慢了動作，連我跌倒前傾的身軀也是。

然後袁尙禾拉住了我。

謝天謝地，我的臉不用和地板來一次親密接觸，我的鼻子也不需要進廠維修。

他扶我站穩，「欸，妳沒事吧？又不趕時間，走那麼快幹麼？」

……還不是爲了躲你這個瘟神！

糾纏不清不是我喜歡的風格，我個人偏愛快刀斬亂麻。

所以我站穩後，極爲嚴肅地回頭，「學長，我沒和任何人說，我發誓。」

他用一種「學妹，妳摔壞啦」的眼神看我，「說啥？」

「說……說……」我突然卡住，支吾半天說不出話。

該怎麼形容當時的情況？畢竟我不確定他是不是真的劈腿了，「說……我看見學長和其他女生……這樣那樣的事。」

袁尚禾忍不住笑出聲，「這樣那樣？聽起來挺下流的。」

你才最下流勒！我瞪向他，忿忿地想。

「妳說的是八月在路上巧遇的那次吧？」袁尚禾搓著下巴回想，「對喔，妳不講，我都忘了還有那麼一回事……」

咦，他忘了？那他拚命追著我跑是什麼意思？難道不是以為我把那件事說溜嘴了？不對，他也有可能只是在裝傻……我不能被他牽著鼻子走，我要堅定立場！

「學長，我真的沒說，真的。」我真摯地補充，卻不小心把OS一併說了出來：「不是我害你和學姊分手的。」

袁尚禾愣了幾秒，然後誇張地大笑。

「學妹，妳也太可愛了吧，我又沒說是妳害我們分手的。」

真的有這麼好笑嗎？我有些茫然，因為袁尚禾居然在抹眼角笑出來的淚滴。

「我只是突然沒那麼喜歡她了。」袁尚禾好不容易止住笑。

戀愛真是件複雜的事，曾經我以為戀愛只分為喜歡和不喜歡，如果不慎由愛生恨，那就是喜歡和討厭。直到最近我才知道，原來戀愛裡還會有準備分手或沒那麼喜歡一類的關係。

我搞不懂，也不想懂，唯一能肯定的是：想把舞跳好，千萬不要談戀愛。

一直覺得這段話莫名熟悉，後來發現跟高中時老師嘴裡的「想把書念好，就不要談戀愛」有異曲同工之妙，看看戀愛有多擾民，害得我們這些國家棟梁書念不好，舞也跳不好。

♪

爲了星期三下午五點的社課，我特地提早到社辦，想占一個好位子。

從今天開始，男、女舞就要混成一鍋了，雖然段淳雅說過要形同一家人、水乳交融，可是我絕對不會認同這個說法，因爲我們和男舞分明是油水分離的狀態。

共用指導老師事小，但共用社辦事大，就我們那一小破地方，兩社同存肯定是地不容彈丸的程度。

沒想到有這想法的不只我一個，當我推開社辦大門，發現裡面不僅已經沒空位，還擠得不像話，且占位的清一色是男舞的人，晚到的女舞社員們站在一旁，卻只敢用目光表達憤恨。

我忍不住大翻白眼。

沒道理我們分社辦給他們用，他們卻一副大爺的姿態對我們吧？

今天我要是不替女舞討個公道回來，就有辱我舞社自走砲的名聲！

坐著的人裡有兩個特別顯眼，好笑的是，他們之所以顯眼，一個是因爲高，另一個是因爲矮。

我鑽過重重人牆來到圍觀區的內層，袁尚禾特別安逸地坐在沙發上玩手機，一旁的則是名叫許泯載的矮子，要不是段淳雅特地告訴我他的本名，我可能會一輩子叫他矮子。

「欸，乞丐們。」我說，雖然袁尚禾離我最近，我的視線卻牢牢釘在許泯載身上。我也不知道袁尚禾有什麼好怕的，明明誤會已經解釋清楚了，可能是我潛意識太敬老尊賢，不允許自己找學長吵架。

「喂喂喂，妳說誰乞丐？」許泯載不懷好意地瞇起眼，而另一道落在我身上的目光讓我知道，袁尚禾正看著我。

「誰喧賓奪主，誰就是乞丐嘍。」我假意堆出笑臉，管他袁尚禾有沒有在看，「本來我們也是可憐他們無家可歸才好心收留，沒想到他們卻鳩占鵲巢，還一點感謝都沒有，這麼沒家教的人，除了乞丐我想也沒有別人了吧？」

許泯載似乎被我惹惱了，幸好他長相清秀，不然嬌小的體型配上氣惱的臉，跟地精有八十七分像，這會兒地精不發一語，大概是在想該怎麼反駁我。

然而一山還有一山高，另一座山……嗯，大約有一百八十公分高吧。

「學妹，沒位子坐嗎？」袁尚禾似乎一點也不介意我諷刺他們是乞丐，反而還有點愉悅，一張臉寫滿風流……好吧，他笑起來好像有點帥。

可是帥不表示可以問廢話，自走砲的砲火是不看長相的。

「嗯，對啊，除非你們願意讓我們坐在那些箱子上。」我指向角落幾個明顯是鞋盒的箱子，「希望裡面放的不是什麼限量的名牌球鞋。」

我聽到男舞社員發出象徵警告的咳嗽聲，意思應該是「敢動我的鞋，我跟妳拚了」，代表我的話有精準打到他們的痛處，相信自走砲今天也能順利獲得戰場MVP——如果袁尚禾的表情不是那麼愜意的話。

「那些盒子可能不適合，不過……我的大腿可以。」他說，然後逕自大笑起來。跟上次一樣，他一笑，其他男舞社員就跟著笑，彷彿他是全社的幽默指標，負責掌控大家的笑點。

「這種吃女生豆腐的玩笑一點都不好笑，請你放尊重一點。」一般女生大概會很喜歡這類暗示性的話語，但顯然徐思穎並不喜歡，因爲我聽到她說話的聲音發著抖。

她一向是個乖乖牌，眞不知道她哪來的勇氣敢對學長這樣說話。

「好吧，抱歉，是我說錯話了。」可袁尚禾居然道歉了，我睜大眼睛看他。

……不要跟我說徐思穎凶你兩句，你就怕了，這讓我自走砲的面子往哪擺？

「不過如果妳們想坐我的腿，我是眞的不介意喔。」他突然補上一句，接著男舞又是一陣哄堂大笑。

今天也一樣雞飛狗跳的，或許之後每次見到男舞社員都是如此，場面必定會火爆得讓人忍不住捲起袖子，恨不得來場肉搏戰，而在正式開打前，救世主又會自帶背景光暈出現。

例如說現在，救世主打開了社辦的門。那救世主就是簡穆宇，我好像一點也不意外。

「活動中心集合。」他站在門邊交代，「以後星期三直接過去，不必來社辦。」

後來我仔細想想，其實MVP什麼的應該頒給簡穆宇。

他似乎總是可以用最短的話語解決最大的問題。

第一週社課，我們在活動中心見到新來的指導老師。她叫小夏，看起來很年輕，頂多二十出頭，傳聞是小澤的學生中最優秀的一個，也不知是眞是假。在她展示過舞蹈實力後，我們自我介紹了一輪，初步認識彼此。

小夏跳起舞來沒有小澤那麼柔軟和性感，但相對可以駕馭更多帥氣的舞風，我猜這就是簡穆宇找她來的原因。

「大專盃預賽的規則應該下週就會出來，爲了讓大家有更多的時間練習，請男、女舞各自在下週社課前準備好參賽的舞碼，我們在社課上直接檢討和調整，好嗎？」這是小夏在第一堂社課尾聲留下的任務。

於是，開學的第一週，舞社就進入每天集合和團練的非常時期。

一個星期內要完成這項任務，對於只有放學後能到齊的我們來說十分緊迫，幾個女舞社員幾乎每天都在趕捷運的末班車回家，好不容易才在期限前把編舞完成了百分之八十。

基本上從選歌、舞風到動作編排，我都挺滿意的，唯一美中不足的是，裡頭有部分編舞出自徐思穎。

我不想評論她的編舞如何，因爲按照我的個性只會給出一些偏激的意見，不過單就個人喜好來說，我一點也不想跟她合作，半支舞也不想。

可惜我們是舞社，不是「姚靜敏與她的快樂小伙伴」，不想也得想，這就是團隊精神。

依照簡穆宇的指示，一週後的社課所有人直接在活動中心集合，本來我以爲小夏會想要先看大家準備好的編舞，她卻讓大家席地而坐，似乎是有什麼事要宣布，一想到可能是要講大專盃的比賽細則，我就忍不住有點亢奮。

小夏說，由於去年有參賽學校反應預賽評選的過程不公，今年的大專盃取消往年將報名影片寄給主辦單位審核的制度，改架了一個活動網頁讓參賽者自行上傳作品。雖然這麼做能讓評選過程透明化，但也代表所有參賽作品都會被公開，社員們一片譁然。

「不過比起這個，今年的賽制還有一項更重大的改變，」小夏翻著手裡的簡章，表情有些不豫，「從預賽開始就有名額限制，一校……只能報一組。」

身後傳來不少驚呼和質疑，可是我聽不太清楚，在花了五秒鐘理解這句話後，腦袋便一直嗡嗡作響，什麼事也無法思考。

「意思是……男、女舞不能都報名，只能選一組參加？」徐思穎一激動，聲音就會抖，變成一種楚楚可憐的哭腔。

「基本上是這樣沒錯。」小夏說。

好，很好。我從地上跳起來，下意識挽起袖子。

「學妹，妳幹麼？」我聽到袁尙禾這麼問我。

我掃了他一眼，「當然是準備打架啊！不然我們怎樣決定誰參賽？」

全世界都用一種「妳瘋了」的眼神看我。

我才不在乎他們怎麼想，我只在乎誰能參賽。

「我知道女生很難打贏男生，但沒關係，爲了參賽我一定會奮戰到最後一刻！」我對著男舞的人信誓旦旦，雖然在他們看來我是在說瘋言瘋語，「你們今天要是沒放倒我，就別想我們會把參賽資格讓給你們！」

全場靜默了大約十秒，大家肯定在想這女的到底有什麼毛病，然後，有個人笑了。是簡穆宇。

他站在小夏身邊笑出聲來。

「不必那麼壯烈，」他說，我看見他嘴角揚起，儘管幅度不大，卻也足夠難得了，

「我有個提議不如你們先聽聽看，不滿意，你們再一決勝負，好嗎？」

我默默放下呈備戰姿勢的雙手，那是去年暑假我學擒拿術學來的。

如今在場的人不是男舞就是女舞，不管誰來發表意見都不公正，而唯一立場中立的小夏此刻卻事不關己地沉默著，簡穆宇能有什麼好辦法？難不成要擲硬幣決定嗎？

「我的提議是男、女舞照原定計畫，準備好參賽用的影片，」簡穆宇說，方才臉上的笑意已經消失無蹤，「然後我們把影片放上學校論壇讓大家投票，贏的人就代表學校參賽。」

從眾人的反應不難看出簡穆宇這發言有多震撼，就連本來打算不管他說什麼都要反駁的我也說不出話了。

好吧，他提的辦法確實很公允，半點錯也挑不出來。

爲了公平起見，原先要指導編舞調整的小夏只能先暫時撒手不管，也因爲如此，想在週末前拍攝完影片變得更加艱難。星期六我向老金借用大教室，花了四個小時才終於把影片完成。

算一算，這支舞我們至少跳了二十次，每拍完一次就對著影片檢討一次，把動作和隊形修正得更完善，然後再繼續拍，直到所有人滿意爲止。最後一版的影片確認無誤後，再發給簡穆宇，由他負責丟上論壇。

星期一早上，票選文章才剛上線就成爲論壇的熱門帖子，也因爲這樣，我破例沒在早上八點的課堂上睡覺，而是抓著小丹帶來的平板電腦確認戰況。

小丹在一旁跟著我一塊緊張，連氣音也比平常大聲，「現在情況怎麼樣了？」

「還不知道。」我搖搖頭，表情異常嚴肅。

「居然這麼多人投過票了？」她掃了一眼推文區，然後皺眉。

「目前看起來得票狀況不分軒輊。」我用最快的速度從頭香刷到底層，「眞要分勝負，恐怕只能等投票截止後一個一個數了。」

我沒想到雙方的票數會如此接近，一時無法從風向中看出什麼，這令我更緊張了。這是不是代表在一般人眼裡，男舞的作品和我們的不相上下？

我想說我們的舞更好，可我不能，因爲我根本還沒看過男舞的影片。

小丹知道後，掐了我的腰一把，「喂！妳知不知道觀察敵情很重要！」

「我當然知道。」我揉揉被捏痛的腰內肉，「但我就……莫名不想看啊。」

我寧願忍著不知道鹿死誰手的緊張，也不願點開男舞的影片，因爲我一點也不想知道他們跳得好不好，又或者應該說，我心裡很清楚：有那個木魚在，他們怎麼可能跳不好？

「可是有一點我不懂，」小丹用行動電源替平板電腦充電，「靜敏，妳們一定要參加大專盃嗎？是大專盃眞的很重要，還是……純粹只是妳們不想讓男舞專美於前？」

我拚命刷新平板電腦上的頁面，「大專盃當然重要啦！整個賽程的參與和表現都會大幅影響預備幹部們在社長眼裡的分數，簡單來說，就是指標性的評鑑項目啦！不過……妳說的另外一個原因也是有的。」

換言之，就是面子問題。

小丹很了解我的個性，所以忍不住笑了。

持續關注戰情到十點，我突然收到段淳雅的訊息，她要所有社員到社辦集合。

此時教授雖然還沒進教室，但上課鐘已經敲完，同學們也大多坐定位了。社員們從來沒有被要求過要在上課時間集合，也因此顯得事態特別緊急，我沒有猶豫，帶了幾樣重要的東西和平板電腦就要離開。

小丹拉住我，「林教授上星期說了，今天會點名，妳眞的要走嗎？」

「不走不行。如果林教授問起，妳就說我生理痛吧，我會補假單的。」我起身把椅子推回原處，三步併作兩步從教室後門溜了出去。

進到社辦，所有人的表情都相當凝重，我以爲是論壇的票數落後，沒想到卻是更嚴重的事。

大專盃預賽的報名網頁上已經有不少其他學校的參賽影片，而其中有一支女舞和我們的編舞相似度高達百分之九十，而且與其說是相似，不如說她們的編舞是我們的進階版，去掉了一些原本編排上的盲點，整體的完成度看起來比我們高出很多。

……但這根本不是完成度高低的問題，而是抄襲的問題！

看完影片，我的心臟像被放進冷凍庫冰了三個小時，我幾乎無法確定它是否還在跳動。我望向段淳雅，視線一一滑過徐思穎和其他社員，所有人都面如死灰……我想我看起來應該也是一個樣。

「我們的編舞……應該沒有誰是抄襲來的，對吧？」段淳雅是第一個開口的人，聽得出來她人受打擊，而所有人只是搖頭。

「妳們說沒有，我絕對相信。」她說，接著又把影片從頭播了一次，「看來是我們被抄襲了。」

被抄襲了？我們？

「當初就不應該在論壇上辦票選的，」一個社員抱怨道：「影片提前外流不說，看過論壇帖子的人這麼多，根本抓不到兇手……現在怎麼辦才好？」

似乎只要有一個人焦慮，其他人就會跟著焦慮，於是抱怨聲不絕於耳。

「但是這不合理。」我緩緩搖頭，把心底的疑問說出口：「妳們仔細想想，我們的影片是今天早上八點公開的，現在才十一點……如果編舞眞的是從論壇外流，那她們必須在三個小時內改編好、練好，再拍成影片上傳……這怎麼想都是不可能的事。」

社員們你看我，我看你，似乎被我的話說服了。

「可是……如果影片不是從論壇外流的，那又是怎麼……」有人弱弱地問。

我嘆氣，實在不想把結論朝這個方向引導，然而就目前的線索看來，這是唯一的可能了。

「因爲，」我的視線掃過現場每個人，「我們之中有內鬼。」

♪

抄襲事件傳開後，票選的文章很快就從論壇撤下，而這也代表我們失去資格了。

儘管還沒釐清眞相，也不知道到底是誰把影片外流，可對方早一步上傳作品，就注定了我們的命運，現在重新編舞、重新投票什麼的也來不及了，只能接受由男舞代表學校參賽的結局。

爲此，我消沉了兩、三天，小丹怕我傷心過度，從她打工的糖果店帶了大量零食給我，但我沒心情吃，只能往包包裡塞，到了星期三，我發現包包已經被塞滿了。

「沒關係，待會社課帶去給社員們吃吧……」小丹拍拍我，一臉憐惜，「吃點糖，心情就會好的，妳們要趕快振作起來才行啊。」

我點點頭，努力把包包的拉鍊拉上。

小丹的鼓勵雖然感人，不過對於處在絕望深淵的我來說，實在起不了多大的作用，尤其當我發現，等一下的社課必須到活動中心面對男舞勝利的嘴臉時。

我裝作若無其事地走進活動中心，把包包裡的糖果餅乾發給女舞社員們。

大家看起來還是很消沉，段淳雅的臉頰甚至瘦了。我很同情她，因爲每任社長當得好壞與否都會在社團間留下傳聞，如今她任內發生這種大事還和抄襲扯上關係，她的心理壓力肯定比誰都大。

然而同情段淳雅的同時，我無法不去注意旁邊打鬧玩樂的男舞社員，見到他們歡快的嘴臉，我心底的火氣滿腔滿腹地湧上，儘管事發至今他們並沒有嘲笑過我們，但在我們如此頹喪的時候，仍在一旁沒心沒肺地玩樂，這難道不是幸災樂禍的一種嗎？

更何況我認為影片外流這件事根本是——

「有零食吃？我也要我也要！」就在我邊想著男舞的邪惡行徑，邊準備把手裡的一包洋芋片揉成一袋碎餅時，袁尚禾迅雷不及掩耳地往我身邊一坐，「我最喜歡這個口味了。」

那包洋芋片被他從手裡抽走，包含我在內的所有女舞社員都默默瞪著袁尚禾。他拆開包裝，狼吞虎嚥了三分之一包才注意到自己好像成為焦點，於是笑了起來。

「妳們別這樣看我嘛，我會害羞欸。」

害羞個頭啊，誰准你滿嘴餅乾還吃得這樣玉樹臨風，沒看到幾個社員沒出息地臉紅了嗎？

「還是妳們也想吃這個口味？一起吃啊！」

我盯著一旁還在笑鬧的男舞社員，再望向袁尚禾的側臉，心裡有股感覺逐漸強烈……

「你們這群卑鄙小人！」

「什麼？」袁尚禾看著我，「學妹，妳在罵誰啊？」

糟糕，我怎麼把心裡話說出來了？

不只袁尚禾，連其他女舞社員都傻眼地瞅著我，估計這會兒又在心裡偷罵我是瘋女人了。

好吧，就當是我瘋了，因爲接下來我打算說出更瘋狂的話。

我清清喉嚨，直直盯著袁尚禾，「學長，你老實說，那件事是不是你們的人做的？」

我聽到幾個人驚呼，然後被段淳雅用力推了一下，我轉過頭注視她，而她試圖用眼神表達在她眼裡我有多荒唐，但我並不打算停下。

「啊？」袁尚禾把空餅乾袋揉成一團，舔了舔食指，「哪件事？」

「把我們的編舞影片外流給其他學校的事。」我想我的口齒應該夠清晰。

不用看也知道，社員們的臉肯定一下子全刷白了。

或許在她們眼裡，這是個不能說的祕密吧，畢竟我們拿不出證據。

袁尚禾皺眉，「怎麼可能，他們才不會做那種事，我也不會。」

「你自己否認就算了，你怎麼能肯定其他人不會？你問過？」可能是覺得既然窗紙已經捅破，乾脆來個對質大會，徐思穎用她那稍嫌尖銳的嗓音質問。

我覺得她很棒，愈來愈會頂撞學長了。

徐思穎的話引來其他男舞社員的注意，周遭突然安靜下來。

「我們有什麼理由這麼做？」袁尚禾只是笑，笑裡的輕蔑在一片安靜中格外明顯，「不需要用這種爛招，我們也會贏好嘛。」

到底是誰說他們可以這麼瞧不起我們？

「當天早上的票數明明就很平均，誰輸誰贏還很難說！」我忍不住咬牙切齒。那天我可是從八點就盯著票，情況絕對不是他說的那樣。

所以我們又開始吵架了。

男、女舞每見一次面，就能刷新一次「一言不合」這個詞的定義。

吵得正激動時，小夏到了，簡穆宇跟在她身後走進來，見氣氛火爆，臉色立刻沉了下去，也不知道是不是木魚的臭臉太具威脅性，所有人幾乎是本能地閉上嘴。

他環視我們，大概是在找罪魁禍首，語氣冷淡地問：「你們在吵什麼？」

現場一片靜默。

有人低下頭，有人撇開目光，有人拚命眨眼裝傻，總之，盡是逃避。

於是我又有了瘋狂的念頭，或者說，是自走砲的使命感湧上了。

「影片外流的事，」我把問袁尚禾的句子倒裝了一下，「是你們做的吧？」

簡穆宇緊抿著唇，那表情不像在思考我說的話，比較像……就只是盯著我。

也許他需要更多的說明，也許我該給自己多點信心來確認這件事，因此我又道：「影片是星期六才拍好的，拍完後就馬上寄給你了，期間我們沒有再傳給任何人。況且，除了你們，我想不到還有誰有理由做這件事。」

說實話，要不是一切線索都指向他們，我也不敢這麼果斷開砲。

我還不夠了解簡穆宇，無法斷言是不是他做的，唯一能肯定的是，兇手就在男舞社員裡面。

全場沒人說話，就連一旁的小夏臉上也露出膽顫心驚的神色，或許是她感受到現場氛圍的凝重，害怕下一秒就會爆發大型戰爭。而我，不切實際地希望下一秒柯南會從哪裡跳出來並大喊：「眞相只有一個！」替我們解開所有謎團，至少讓我知道，我們的懷疑是正確的……

讓我知道，如果不是有人動手腳，女舞根本不會輸。

簡穆宇自始至終都沒有回答我的問題，他只是深深地看了我一眼，又或者是瞪了我一眼，然後轉身走向另一邊的空地，嘴裡喊著：「男舞的，過來練習了。」

男舞社員們跟了上去，女舞則留在原地。簡穆宇今天依舊盡了救世主的本分，用沉默終結一場戰爭。

但我沒辦法就這樣輕輕放下。

因爲我們輸的不是比賽的資格，我們輸的是自尊！

我邁開腳步，衝上前拉住簡穆宇的手腕，他沒有甩開，只是眉宇間透出薄怒。

「爲什麼不說話？有或沒有，至少給我們一個答案吧。」

「我說沒有，妳們就會信？」他終於說了一句比較長的話，盯著我的眼神有點冷，「妳們難道不是已經認定兇手是我們，才來問我的？」

我放開他的手腕，沒說話，因爲……是的，我們的確是這麼想。

「對於沒有做過的事，妳希望我說些什麼？」他說。

一個星期後，大專盃的入圍結果出爐，男舞不出所料地闖進預賽。在那之後，小夏要求他們加強練習，至於女舞嘛……她只說了自行規畫，就沒再管過我們，甚至連社課都不需要我們到場，因爲她想把一個星期一次的時間留給男舞。

簡單來說，就是女舞完全被放生了。

我們當然心有不甘，但那又如何？掏錢聘用她的是男舞，我們沒出半毛錢自然說不上話，雖然女舞貢獻了社辦空間，可自從確定入選後，男舞的人專注在練習上，也不怎麼來社辦了。

當我和社員們不知道第幾次窩在社辦玩桌遊耍廢時，一種明年女舞可能會被廢社的預感襲上心頭，順帶一提，距離大專盃預賽只剩兩週，而上星期我們又走了兩個新生。

「學姊，我們一直這樣軟爛，沒問題嗎？」我霸占一整張沙發，躺著半發呆半打瞌睡。

段淳雅翻開一張牌後嘆了口氣，我不知道她是在感嘆我說的話，還是感嘆牌不好。

「往年這個時間都在準備比賽，忙得要死，今年突然不能參加比賽，短時間要我規畫新的目標，我也不知道能規畫什麼……」

換了個姿勢閉上眼，我嘴裡喃喃道：「也是，現在搞成這樣，做什麼都沒有動力。」

我好像已經兩週沒跳舞了，儘管沒有新的舞碼也可以複習學過的，但我就是提不起勁，連一直以來「打敗徐思穎」的這個目標也變得一點都不重要了。大概是知道我們既不會練習也沒有新的計畫，徐思穎乾脆連社辦也不來了。

沒看到她那張欠打敗的臉，我沒辦法產生動力啊。

忽然「碰」地一聲，社辦的門被打開了。

許泯載風風火火地衝進來，視線在社辦裡巡了一圈又一圈。

我瞪著他，社辦就這麼屁點大，是能藏什麼需要你這麼找？

我看不過去，出聲道：「矮子，你在找什麼？」

「穆宇沒在這嗎？」他根本不在意我喊他什麼，神色慌張。

「簡穆宇？」我從沙發上坐起，「他有兩、三個星期沒來過社辦了。」

那顆木魚根本是除非必要，否則絕不會出現。

「除了這裡，他還會去哪？」我聽見許泯載的自言自語，他側臉的汗珠清楚可見，「電話也不接，現在該怎麼辦？」

似乎發生了什麼嚴重的事。

「到底怎麼了？」段淳雅有點不耐煩地問。

「禮鈞受傷了，」何禮鈞是他們大專盃預賽的開場舞代表，負責一大段獨舞，「剛才練習時舞台的樓梯不知道被誰移走，他沒注意，整個人踩空跌下去了……」

我頭皮一陣發麻，活動中心的舞台少說也有一點五公尺高。

段淳雅問：「那他人呢？有沒有怎樣？」

「我不知道……他躺在台下哀號，我覺得很嚴重就趕快出來找穆宇了……可是我找不到他，現在該怎麼辦？」矮子好像真的很慌，嘴裡拚命碎念。

我忍不住翻了一個白眼，想殺人的心都有了。

「你白痴嗎？簡穆宇又不會治病，找他幹麼？先送醫院啦！」

第三章　要跳舞就別給我說教

距離大專盃預賽只剩兩週，而何禮鈞確認無法出賽。

「呃，情況不嚴重，但他傷的是腰，至少要休養一個月。」許泯載告訴男舞社員這些話的時候，語氣可沉重了，要不是人受傷的當下，他笨到沒叫救護車就跑出來找簡穆宇，我可能會更同情他。

「那……開場怎麼辦？」另一個社員也沒有平靜到哪去，「整整四十秒的獨舞……」

「換人就好了，那麼緊張幹麼？」說話的人是袁尙禾，他居然還能一臉平靜地滑手機。

「你說得輕鬆，開場是純現代舞，以我們的柔軟度哪跳得動啊。」某個大概與袁尙禾同是三年級的社員用手肘撞了他一下，「你行你上啊。」

袁尙禾像是聽到什麼好笑的笑話，「別鬧了，還是交給專業的來吧。」

之所以可以把這些對話聽得這麼清楚，是因爲現在是社課時間，女舞在社辦，男舞那群人也在社辦——的地上。對，這個社辦就是小到連悄悄話都不能講，因爲根本不用隔牆，就到處都是別人的耳朵。

我躺在沙發上，用一頂棒球帽蓋住臉裝睡，順便偷聽男舞的人聊天。

其實偷聽和裝睡都不是我本來的目的，只是他們說話的聲音太吵雜，讓我無法忽略，更無法睡著。

聽見有人打開門，我瞇眼從棒球帽遮蓋的空隙看出去，簡穆宇剛把背包放下。

我想他就是袁尚禾口中所謂的「專業的」，因爲男舞社員正慫恿他接下開場舞的重責大任，用的理由大多是「我們筋沒你軟」、「底子沒你厚」、「不擅長跳現代」等等。

這群傢伙也眞夠無恥，損女舞的時候那麼趾高氣昂、目中無人，現在怎麼又謙虛了？

我偷偷觀察簡穆宇的表情，他看起來很認眞在思考這問題。

「我接開場是可以，但加上退場和換衣服的時間，絕對趕不上第二首歌，」聽到他開始分析，眼前也沒什麼好偷窺的，於是我闔上眼，只是聽著，「這樣的話，隊形跟solo的編排都要改。」

他們討論的音量逐漸變小，可能是害怕有人聽牆角。到後來，社辦慢慢只剩下低沉的窸窣聲，我猜段淳雅她們幾個不是在滑手機就是睡了，正好我也終於有了些睡意，加上今天社辦的冷氣特別涼，意識就這麼飄遠……

會醒過來，是因爲有人掀開我蓋在臉上的棒球帽，我瞇著眼睛坐起，由於剛睡醒的緣故，還搞不清楚發生了什麼事。段淳雅坐在我那張沙發的扶手上，對我擠眉弄眼。

「學姊，妳在幹麼？」我揉了揉眼睛再次看向她，她神情依然怪異，「哪裡不舒服嗎？」

大概是發現我接收不到她的暗號，段淳雅改用「妳沒救了」的表情狠狠剜了我一眼，接著轉頭對簡穆宇尷尬一笑。喔，我現在才發現他站在那兒。

「如你所見，經過一波又一波的退社潮，我們實在沒剩幾個人了，」她用異常客氣的語氣向簡穆宇解釋，「但若要說強將，我可以推薦兩個人給你。」

段淳雅指著單人沙發上坐姿特別端正的那誰，「她是徐思穎。」

然後她又回頭指著我，「這個是姚靜敏。」

現在是什麼情況？我木著臉，半天沒搞懂狀況。

段淳雅對著男舞的人殷勤介紹，簡穆宇審視的目光掃過徐思穎，再掃過我，而許泯載等人則在他背後對我們品頭論足。這情景怎麼有點像在選妃？

「她們兩個學舞都很快，不過思穎小時候學過芭蕾，跳現代可能會適合一點，至於靜敏……」段淳雅說到這兒竟然猶豫了。

學姊妳有沒有搞錯？不就讓妳誇我一句而已，這很難嗎？

「靜敏的話，她這人就是……比較不服輸。」最後她說。

我無言極了，與其聽段淳雅這麼介紹我，我寧願倒頭回去裝睡。

多丟臉啊，尤其是被拿來和徐思穎放在一起比較，而我的優點就只有「不服輸」？

「喔？不服輸？」沒想到那顆木魚居然挑了挑眉，饒富興味地看著我。

「Excuse me？」我忍不住出聲，「有人可以跟我解釋一下，這是在做什麼嗎？」

許泯載的一隻手搭上簡穆宇的肩，對我笑得幸災樂禍。喔，太好了，我都不知道他的身高可以辦到，「我們打算把預賽的開場舞改成男女共舞，可看性會高一點。」

「喔……」我拖了一個長音，「所以呢？」

袁尚禾穿過人群走到置物櫃前，從裡面拿出一包洋芋片，「所以要跟妳們借人啊。」

「喂，那餅乾是我的吧？」我瞪他一眼，不小心放錯重點。

「借人？」徐思穎的聲音高了八度，聽著有點惱人，「那我們有什麼好處？」

好吧，算她厲害，都這種時候了還能想到談判，換作是我，按照目前對男舞的反感程度，肯定是直接拒絕。我爲什麼要幫一群使計陷害我們還不敢承認的人？

「如果借來的人能把開場跳好，讓我們順利晉級，」明明問題是徐思穎問的，簡穆宇卻直直盯著我，「決賽我們就讓女舞加入。當然，得名的話，功勞和獎金平分。」

眞想起立幫簡穆宇鼓掌，他根本是談判界的第一把交椅，可問題是，我不應該被當作談判的籌碼。

「那好，表決吧。」許泯載想也不想，「我投徐思穎一票。」

「你個豬哥，你是不是看人家長得漂亮？」袁尚禾把手上的空餅乾袋揉成一團扔進垃圾桶，話裡意有所指，「那我投姚靜敏一票。」說完還對我眨了眨眼。

呃，還眞是謝謝你投我一票喔，但現在重點不是投票，是有人問過我的意見了嗎？我沒說我願意參加啊！

「我有說你們可以表達意見？」簡穆宇突然出聲，「是要選我的舞伴，又不是選夢中情人。」

接著，他慢條斯理地打量我，「我個人比較喜歡不服輸的。」

於是段淳雅看著我，徐思穎看著我，袁尚禾看著我，許泯載也看著我……我不懂這些人到底期望我有什麼反應。

「不服輸的，應該比較禁得起我的刁難。」簡穆宇補充，然後笑了。

我沒看錯嗎？他居然笑了？還笑得……讓我覺得大難臨頭是怎麼回事？

感覺腦門有點發熱，我深吸一口氣說：「呃，我覺得這件事應該要問問我的意見，而我的意見是，我不要。」

事後小丹告訴我，這樣做很不妥、很不給人面子。

因爲我不只當面拒絕簡穆宇，還直接走人。

「靜敏，妳太衝動了啦！」小丹和我隨便買了點東西當午餐，窩在文館外的露天咖啡座。正午時分，吃午飯的人潮搞得跟跨年沒兩樣，去哪裡都擠得要死，還不如躲在這。

「會嗎？但我眞的不想幫他們。」我望著在枝椏間穿梭的松鼠發呆，「妳不覺得他們很賊嗎？先害我們無法參賽，然後再跳出來釋出善意……他們以爲這樣就可以補償我們被陷害的損失了？」

成群要去吃飯的學生經過我們面前，我隨便一瞄，居然就瞧見徐思穎，她和系上同學有說有笑地走下文館斜坡，一臉無憂無慮。

小丹順著我的目光看過去，突然問：「靜敏，要是他們改變心意，選了徐思穎怎麼辦？」

我意興闌珊地咬了一口手上的麵包，「選就選啊，很稀罕嗎？」

段淳雅不也說了徐思穎學過芭蕾，跳現代會更適合，我雖然不服輸，但柔軟度這種事是硬傷啊……

小丹注視我的表情特別訝異，「可是這樣不會影響妳爭取社長嗎？」

……對喔，我怎麼沒想到這點？

要是徐思穎接下開場舞的位子，而預賽成功晉級，那幫助女舞參加大專盃決賽的功勞就是她的了，這在段淳雅心中加的分數肯定不少，那我當社長的機會不是更渺茫了嗎？

我把手上的麵包扔到桌上，額頭直接往桌面一叩。小丹說的對，我太衝動了。

正埋頭懺悔，忽然感覺有人在我身旁坐下，抬起頭，發現是段淳雅。

天啊，這算什麼？心電感應嗎？

因爲她的表情頗嚴肅，我不敢亂說話，裝出一副乖乖牌的模樣問：「學姊，怎麼了？」

段淳雅只是把從手搖杯店買來的奶茶往我面前一擺，要我收下，也不說爲什麼。

嗯，無事獻殷勤，肯定有詐。

我搖搖頭，把杯子推還給她，「學姊，無功不受祿，好端端的幹麼突然買飲料給我？」

她瞪我一眼，這才開口：「還用說嗎？當然是希望妳立功啊。」

「立功？立啥功？」

段淳雅特別浮誇地嘆了口氣，這激似狗血鄉土劇的節奏是什麼？

「靜敏，妳知道，我很少求人的——」

「呃……其實我不知道。」

「閉嘴，好好聽我講完。」她把飲料推回我面前，「妳應該也看得出來，女舞現在的狀況很不好，不僅沒了大專盃的參賽資格，還扯上編舞抄襲，如今社員只剩下五個人……要是明年我也退社，妳和思穎就只剩兩個社員能帶了，妳自己想想，這畫面能看嗎？」

嗯，是不太能看。

「我知道妳還在懷疑是男舞的人陷害我們，所以不想和他們合作，這我能理解，可是靜敏妳要想想，妳，不只是妳而已，妳還是舞社的一員，是未來的重要幹部，做出任何與舞社有關的決定，都應該將舞社的利益放在第一順位考量。」

「我懂妳的意思了，」我飛快打斷她，拿起飲料瞅了眼，「妳是來求我接受男舞邀請的？」

段淳雅愣住，之後有些羞赧地點頭。

我把吸管戳進杯子喝了一口，問：「那爲什麼不找徐思穎？妳說過她比較適合。」

「我是說過，」她看起來頗無奈，「問題是簡穆宇不讓找啊，他堅持要妳。」

堅持要我？聽起來好像哪裡怪怪的。

「靜敏，我眞的很少拜託別人，」段淳雅突然握住我的手，「但這次算我求妳了，我們很需要這個機會，明年女舞還存不存在，關鍵就在妳身上了。」

唉，眞是個讓人反感的情況，一來我討厭肉麻，她握著我的手時我只想甩開；二來我討厭別無選擇，彷彿我就一定得任人擺布，換作其他時候，我肯定拒絕、拒絕、再拒絕。

不過，誰叫我今天夠清醒呢？

我把奶茶喝得見底，將空杯往桌上一擺，然後拉著小丹起身。

段淳雅一直在等我的答案，見我要走，著急地跟著站了起來。

「靜敏，妳還沒——」

「記得叫那木魚通知我練習時間。」我背對她說，並揮揮手，「謝謝妳的奶茶。」

♪

我後悔了。

我後悔那天在段淳雅面前耍帥，後悔喝下她請的奶茶，後悔之前在社辦裝睡偷聽，後悔大一加入舞社，後悔沒有早早戒掉跳舞這活動。

「啊啊啊啊啊——」我叫得跟殺豬一樣，膝關節和大腿肌肉泛出一股撕裂般的痛。簡穆宇的手抵在我背上毫不留情地壓著，逼我把身體對摺到底。

「妳的柔軟度有點差，」我已經快痛暈了，他的手居然還在使力，「這樣會無法完美詮釋動作。時間不多了，妳要想辦法把筋拉開。」

「大哥，你這不是自虐嗎？」壓滿一分鐘，我換來寶貴的十秒休息時間，氣喘吁吁問：「剩不到兩個星期，你非要找個柔軟度不好的人來配你，有必要嗎？」

「自虐？我不覺得啊。」他帶點揶揄地輕笑，「痛的又不是我。」

……誰都好，快給我一把刀，我要殺了這個王八蛋。

好不容易熬過伸展筋骨這一環，我坐在一旁揉大腿，邊看簡穆宇示範開場舞的動作。他選的音樂是一首半抒情的鋼琴曲，動作編得並不滿，但每一組都必須盡力將身體伸展開來填滿拍子，看似柔軟的舞風跳起來卻要用盡全力。

短時間內要把音樂聽熟、拍子記熟、動作練熟，這些都難不倒我，難倒我的是，我從沒接觸過這種舞風，儘管動作練熟了，還是一直無法在表現上駕馭這支舞。

「妳不要用以前跳New Jazz的方式詮釋這些動作，我不需要妳的性感。」練了好幾天了，簡穆宇依舊會這麼罵我，可在我眼裡，做這些動作的原理明明都一樣。

同樣是把頭從左往右甩，他要是能告訴我甩的角度或力道有哪裡不一樣，我也就認了，但他只說是現代舞的甩頭，不是New Jazz的甩頭，這合理嗎？

練到後來，我火氣大，他的火氣更大，基本上已經到了不想和對方說話的程度，偏偏時間緊迫，爲了練習我和他每天放學都必須見面。

簡穆宇本來還會一個個挑出我的問題，現在一覺得不對，什麼也不說，就直接把音樂切掉重來。我和他私下練習時這麼做就算了，可他連全體彩排的時候也是這樣，常常開場舞跳不到一半就切掉重來，不只我累得跟狗一樣，其他人練習的時間也被壓縮。

又一次，音樂停了。

當這種情形重複不下三十次時，我已經放棄去計數了，只感覺肺好像快炸開，男舞的人看著我的眼神帶點同情，又有點不耐。

於是等我的呼吸終於順了、能說話時，藏在心裡的怒火也忍不住了。

「喂！」我走上前，撥開簡穆宇正打算按下播放鍵的手，「你倒是說說我哪裡跳錯啊！」

相較於我的激動，他顯得很淡定，「我有名字，不叫『喂』。」

……現在那個是重點嗎？

「如果你認爲我沒跳好，爲什麼不直接告訴我哪裡不對、哪裡要改？」要不是我已經改邪歸正，說這話時八成會揪住他的衣領，「一直把音樂切掉重來很好玩嗎？」

他挑眉，「好玩？」

太好了，簡穆宇看起來總算有點不爽了。

他轉過身，對著在一旁看好戲的男舞社員喊：「全部就位，從頭走一次。」

社員們沒有二話，迅速在自己的位置站好，然後簡穆宇又轉身面對我。

「妳希望我直接說，是嗎？」他的手觸上播放鍵，「那好，開始吧。」

如果我早點知道，不明說已經是簡穆宇僅存的慈悲，大概也不會把自己逼上絕路。

與簡穆宇的怒吼相比，音樂根本就只是伴奏罷了。

「姚靜敏，妳一個重拍都沒抓到！」

「我說過了，剛才那個律動肩膀不能用力！」

「第八拍轉一圈後，要往右位移一格！」

「伸展要往下，腰要壓住不能弓起！」

「那個動作正常做就好，不要那麼女性化，要我說幾遍？」

關於挑錯一事，簡穆宇還眞的沒在客氣，他罵人的聲音幾乎蓋過音樂。

是了，要他明說的下場就是：我在眾人面前被指責得體無完膚，好像我沒一處跳對。

「之前我不告訴妳哪裡沒跳好，妳想知道原因是嗎？」一曲結束，所有人都在休息，

他突然對我說：「因爲一樣的錯誤，我不想重複講幾十遍，就這麼簡單。還有，身爲一個舞者，妳應該要能即時發現自己的錯誤並修正，做不到這些，別跟我說妳想把舞跳好。」

這下我終於能理解，爲什麼被他教過的人，最後和他都當不成朋友，因爲我現在就非常想把他打包裝箱，快遞到馬里亞納海溝去，最好與他此生不復相見。

一首歌不過短短的幾分鐘，簡穆宇說的每句話、每個字都讓我備感丟臉。他不只能把人罵到極度羞恥，還能讓人深刻體會到自己有多無能，如果言語能造成物理傷害，他肯定可以成爲一個殺傷力超強的生化武器，代表國家征戰世界。

站在活動中心的飲水機前，看著水瓶裡的水位慢慢上升，我的心思逐漸飄遠。

國小三年級時，班導讓我代表班上去參加某個電視台舉辦的《最潛力舞蹈童星選拔賽》。還記得正式錄影那天，我在後台遠遠就瞧見徐思穎，她一副趾高氣昂的模樣，似乎一點也不緊張，別的小朋友來錄影，陪在身邊的大多是父母，她卻是花大錢請來一對一教她的舞蹈老師。

我想，是不是當我們看到其他人擁有背景條件的優勢時，就會先下意識將自己矮化？就像那次選拔，目睹徐思穎有一個在後台不停給予專業指導的老師時，我忍不住想，輸給她也是必然的吧？一如知道簡穆宇受過十年的專業培訓，我無法控制地想，他這樣對我難道不會太嚴格了嗎？

過了好久，我不知道水瓶的水到底裝滿了沒，因爲我的視線不知何時模糊了。

「學妹！」聽到熟悉的嗓音，下一秒，我壓在出水鍵上的食指被人拉開，我用力眨眼，想看清楚來人。袁尚禾站在一邊，手抓著我的手腕，傻眼地瞅著我，「妳在幹麼？」

「我？我在裝水啊。」我說，低頭卻發現水瓶早就裝滿，地上還有一攤溢出來的水。

袁尚禾放開我的手，皺眉道：「裝水就裝水，妳哭什麼？」

我哭什……我哭了？

伸手撫上臉頰，還眞的莫名有兩行淚。

「妳喔，盡全力把舞跳好就好啦，爲什麼一定要跟那傢伙對著幹？」袁尚禾拿走我手中的瓶蓋，替我把水瓶扭緊，「全世界都知道跟他槓上沒好處，妳還……眞搞不懂妳欸。」

我瞪著水瓶發呆。

不要說袁尚禾搞不懂我，連我都搞不懂我自己……我到底爲什麼哭？胸口五味雜陳的情緒讓我分不清楚，我哭是因爲氣惱自己不爭氣，還是覺得受委屈了？

回到活動中心繼續練習，簡穆宇似乎仍不打算給我好臉色看。

經過剛才的飲水機事件，我的注意力變得渙散，心神也無法集中，連簡穆宇的指責都變得好遙遠，我能看到他的嘴型，卻無法將他說的話聽進心裡。

直到我的失神終於釀禍。

「姚靜敏！」我感覺到有人用力抓著我的雙肩，回過神定睛一看，抓住我的人是簡穆宇，他眼裡滿溢著憤怒，像是下一秒就會噴出破壞死光。

再低頭一看，我居然站在舞台邊緣，多踩上半步就會栽下去的那種程度。

「妳到底在幹什麼？」簡穆宇對我怒吼，手抓得我肩膀發疼。

嗯，我也不明白自己在幹什麼，大概是神遊太虛到忘我，不知不覺就飄到舞台邊了。

我自知理虧，垂下眼，「對不起，我……」

「如果妳不想跳，可以直接離開，但不要拿身體開玩笑。」他扯著我，把我帶離舞台邊緣，「對一個舞者來說，身體是最重要的，任何受傷都不可原諒。」

我沒有吭聲，因爲他說的很有道理，加上我的精神也近乎耗盡，平時的伶牙俐齒如今消失無蹤，只能呆站在他面前，神情恍惚，像個被罰站的小學生。

這時，突然有雙手將我往另一個方向推。

「她今天練習過度了，所以有點恍神。」袁尙禾推著我走下舞台，「我帶她去保健室休息一下，你們先繼續練。」

「袁尙禾！」簡穆宇的嗓音低沉，「她是我的組員，你要把人帶走，也該尊重我的意願吧？」

推我的力量忽然消失，我也跟著止住腳步。

袁尙禾的聲音在我背後清楚地響起，「如果你還記得尊重我、叫我一聲學長，那我會考慮。」

此時，距離預賽還有四天。

後來袁尚禾把我帶去保健室，逼我吞了顆B群。關於彩排的事，他什麼也沒說，只是囑咐我回家好好休息，我本來覺得他這句話很多餘，好像他不說我就不會好好休息一樣，於是送了一記衛生眼給他。

沒想到當天晚上我居然失眠……該說袁尚禾是神算還是烏鴉嘴？

我在床上翻來覆去很久，不停思考舞跳不好的問題究竟是出在哪裡，最後我把簡穆宇對我的挑三揀四歸類爲是他覺得我練習不足的一種懲罰。

我國中時的一個數學老師每堂課都要叫好幾個同學上台解題，而比起答案的正確與否，他更在乎學生想出解題方法的時間長短。他說，答得太慢就是不熟練，代表在他交代要複習的時候，學生並沒有放在心上，對於這樣的學生，他會扣他們的學期總分，如果問起名目，他會回答「學習態度不佳」。

或許簡穆宇之所以對我這麼嚴苛，是因爲他認爲我不夠努力。

而我的確不夠努力。

說來慚愧，但面對這支舞我確實抱持著敷衍的心態，練習的時數甚至不到之前女舞參賽的那支舞的一半。除了因爲抄襲事件眞相未明，我對男舞還心存偏見外，也因爲我從來沒把這支舞當成自己的作品。

當一支舞從構想到風格乃至編排，都不是自己的主意時，心態上難免會有差異，就好比有些母親在面對親生的孩子和非親生的孩子時，態度會有所不同，道理是一樣的。也許，簡穆宇就是看出了這點，才會處處刁難我。

而沒有盡力去面對每一支舞、每一次表現，這的確是我的錯。

我一直在床上翻來覆去到清晨五點，才終於有點睡意。入睡前，我在心裡下了一個決定，那就是從明天起要把簡穆宇的孩子當成自己的孩子來對待，盡全力練舞。

只剩四天就要比賽了，希望我這覺悟不會太晚。

至於隔天早上袁尚禾幸災樂禍地問我，那顆B群有沒有害我睡不著，而我反應過來，差點把他痛揍一頓的事情，那都是後話了。

♪

「妳會緊張嗎？」袁尚禾這麼問我。

此刻我們在大專盃預賽的現場，再過十五分鐘就要上台，正和其他組別一起在後台等待。

我瞪著袁尚禾，「如果我說我會緊張，那你願意坐好，別一直走來走去嗎？」

袁尚禾停止踱步，用一個特別戲劇化的姿勢轉過身看我，「可是我緊張啊！」

「你緊張什麼啦？都在舞社待多久了？」許泯載路過插話：「老屁股別裝嫩！」

我扭開礦泉水的瓶蓋，沒有答腔。

許泯載的見解實在鞭辟入裡，簡直中肯到我心深處。

「誰裝嫩？我是眞的緊張！」袁尚禾亮出微微顫抖的右手，「你看，都抖成這樣了！」

瞧他那副緊張兮兮的樣子，我忍不住皺眉，「爲什麼我看著你，卻有種小大一的既視感？學長，難道你是第一次上台？」

本來我只是想打趣他，沒想到袁尚禾居然點了點頭。

「大一、大二時修的課比較多，不想額外花那麼多時間練舞，所以每次一到比賽我就開始逃社課。」他總算願意安分坐上椅子，但游移的眼神明顯反應出他的不安，「就這樣逃了兩年，後來想說總要有所經歷才來參加這次的大專盃，只是沒想到竟然會這麼緊張……」

我挑眉，「不想練舞？那你到底爲什麼要加入舞社？」

袁尚禾坦白道：「爲了把妹。」

雖然他的動機不值得鼓勵，可不得不說這是個很聰明的決定。我身邊幾乎所有女生在這個年紀都對會唱歌跳舞，或是籃球打得好的男生特別感興趣，我從來沒聽人說過「喔，我喜歡電影賞析社的男生」或「我喜歡珠寶研究社的男生」。

不過，這弔詭的感覺又是什麼？

「把你妹啊！」許泯載用手肘頂了袁尚禾一下，「你那時候明明死會了。」

「死會可以活標啊。」袁尚禾笑嘻嘻的，「那妳呢？妳又是爲了什麼加入舞社？」

他問這話時我正在四處搜尋簡穆宇的身影，隨口回：「問我嗎？」

「你爲什麼不問我？」許泯載這口氣不知道該不該被歸類爲吃醋，「別只顧著把妹！」

我無意加入他們的鬥嘴，繼續試圖從人群中找出那顆木魚。不是我特別在意他，只是按照慣例，上台比賽前都會來個精神喊話，現在距離上台不到五分鐘了，卻還沒有見到他的人影。

回想起過去四天的練習，簡穆宇對我的指責少了很多，我不確定這是因爲他發現我心態上的轉變，還是純粹因爲那天的衝突讓他氣到再也懶得管我……他好像根本不想和我說話。

這想法才剛從腦中閃過，一雙赤足就出現在我的視線裡。

我抬頭，簡穆宇正低頭打量我，眼裡沒什麼情緒，「把鞋子脫了，站起來。」

「喔。」我依言脫去鞋襪後站了起身，這才想起開場舞是赤腳跳的。

「想像一下，」他盯著我，眼神讓人有點不自在，「如果妳養的狗生病過世了，妳會是什麼情緒？」

啊？剩不到三分鐘就要上台了，他突然問這個做什麼？

「呃，我沒養過狗……想像不出來。」礙於他的表情很嚴肅，我照實答了。

簡穆宇似乎有點無語，「那如果是在路上目睹流浪狗被車撞了呢？」

我想像了下，一股無名火迅速湧上。

「等等，不是這種。」這大概不是他想要的情緒，他連忙阻止我繼續想像，「那……如果有一天，妳再也無法跳舞了呢？」

這突如其來的假設令我的心猛地揪住，然後無止盡的失望、遺憾與傷感從胸腔竄出，我不解地望著簡穆宇，不明白他做這些假設讓我想像的用意。

「很好，就是這個。」他抓住我的雙肩輕搖，「保持這個情緒到開場舞結束，知道嗎？」

如果我是漫畫人物，現在頭頂肯定有一堆問號。

但不知爲何，我照做了，把簡穆宇的話當成聖旨一樣全盤接受。

而這小小的改變產生了一連串的化學作用，首先，我竟然流暢地跳完整支舞，流暢得像是出自本能，當我完成開場舞的最後一個動作時，一股淺淺的失落擦過心底。

這情緒對我來說有點陌生。

此時，我和簡穆宇相距不到三十公分，我一抬眼便剛好對上他的眼睛。

出乎意料的是，他居然在笑，儘管只是嘴角的一抹淡笑，可是已足夠讓我發愣，因爲從第一次練習以來，他幾乎不曾笑過，特別是在這個時間點，從不。

下一秒，場上燈光全暗，提醒是時候轉場了，我和簡穆宇一左一右下了台。

不知道爲什麼，我特別在意他那個笑容背後的涵義。

化學反應的最後一環大概是我得了妄想症，我竟覺得簡穆宇的那個笑容跟我有關。

當然，到底是不是跟我有關，我大可以直接找他問清楚，不過簡穆宇身爲舞社主將，下台匆匆換了套衣服後，就回台上去了，再後來，我沉浸在他們整齊到令人起雞皮疙瘩的刀群舞中，把什麼事都給忘了。

那本來應該是個完美的一天。

不僅我流暢地跳完開場舞，隊伍也順利闖入決賽，而在講評時，評審除了誇我們勇於挑戰外，也提到開場舞的編排和表現非常優秀，後續值得期待。

我覺得很開心，這程度的誇獎足以讓我高興到明年清明節。

如果我沒到某人面前自取其辱的話。

比賽結束回學校的途中，男舞社員們一路上打鬧嘻笑，簡穆宇可能是比較好靜，躲在隊伍的最末端沒加入，而我這個無法融入的外人就莫名其妙與他並肩了。這股尷尬似曾相識，我想起他不小心關掉儲藏室電燈的那一次，我們坐在便利商店外的咖啡座相對無言了很久。

於是我試著找了個話題，問他小夏怎麼沒來帶比賽，他淡淡地回答小夏腳上的舊傷復發，今天去看醫生了，但決賽應該會來，我喔了一聲，眼看話題即將結束，腦海突然閃過某人臉上的笑。

那個我覺得和我有關的笑。

我馬上管不住自己的嘴，「剛才開場舞跳完，你爲什麼笑了？」

簡穆宇瞥了我一眼，「有嗎？」

喔，敢情這傢伙是不願承認了？

「有啊。」我說，然後接了一個八成是從我潛意識裡飛出來的問句，「是不是因爲你覺得我今天跳得很好？」

簡穆宇的腳步稍稍停頓了下。

我本以爲基於今天這個場合、我的表現、入選決賽以及其他很多原因，他都應該放下他的矜持與堅持，意思意思誇我兩句的，但他只是揚起不可一世的笑容。

「跳得很好？妳還差得遠。」

第四章 要跳舞就別給我任性

「關於表演的主題，大家有什麼意見？」簡穆宇問，順便用他那雙不知道靈魂在哪的靈魂之窗掃了眾人一眼，此時男、女舞全擠在社辦裡，或站或坐。

社辦好久沒這麼熱鬧了，儘管前陣子幾度淪爲女舞社員玩桌遊的場地，要不就是空著養蚊子，今日卻是高朋滿座，幸好我來得早，搶到一個沙發的位子，段淳雅坐在我右邊，徐思穎在我對面，而簡穆宇坐的單人沙發則是會議主席的位子。

事先聲明，我並沒有幸災樂禍，但看到袁尙禾和許泯載只能盤腿坐在地上，我很滿意。

大專盃預賽之後，一晃眼就到了十一月中旬，時間流逝得跟我阿嬤骨頭裡的鈣質一樣快。

每年十二月，學校的聖誕舞會都會安排社團表演，而礙於時間限制，男、女舞通常會合作演出，這也是眾人非得把自己塞進擠得有如沙丁魚罐頭的社辦不可的原因，討論表演內容的會議非常重要，如果不慎掉隊，可能會從表演名單中被剔除。

入圍決賽後，簡穆宇儼然成爲男、女舞的共同社長，在社團裡呼風喚雨。說開會，沒人敢不到；叫練習，沒人敢不從。段淳雅和他一比，簡直就是個打雜小妹。

然而男、女舞在經歷那麼多不愉快後，短期內還是無法自在相處，面對簡穆宇的提問，所有人化身成雕像，好像他問的是超困難的微積分。

「你們不提意見，那我們上台表演敲水杯好了？」此時，簡穆宇百年難得一見的幽默感冷不防出現，只可惜沒人捧場，怪尷尬的。

雞皮疙瘩一發不可收拾地占領我的手臂，我不忍再看他的臉，於是轉過頭，正好對上袁尚禾的視線。他對我挑了挑眉，我則想辦法利用有限的臉部表情，暗示他開口說點什麼……什麼都好，只要能快點結束這尷尬。

可惜他不懂我，只是持續朝我發射各種殺人微笑，大概是在練習如何秒殺他的愛慕者。

不確定是不是大家的沉默傷到了簡穆宇幼小的心靈，他嘆了口氣。

「我就知道會這樣。」他轉身從背包掏出平板電腦，「我找了一些歌和編舞的素材，你們要是沒想法，可以從裡面挑。」

好吧，這傢伙的確夠周到，預料到了今天尷尬的場面，居然連東西都先準備好了。

社員們一一看過素材，好不容易有了一點討論的聲音，但也是相敬如「冰」，情況不怎麼熱絡。在經過漫長的半個小時後，若扣掉相對無言的時間，實際上只討論了十來分鐘，大夥試圖從幾首備選歌曲中找出最適合的。

「我覺得這首可以，」袁尚禾指著紅髮艾德的〈Shape Of You〉，「觀眾的反應絕對會很熱烈。」

儘管袁尙禾不管說什麼都會讓我很想反駁，可這一次卻無法，因爲這首歌的確紅到我家隔壁的大媽都能哼上幾句，如果眞的表演這首歌，那些成天只聽英國告示牌或Youtube百大熱門單曲的大學生會有多興奮，用膝蓋就能想像。

於是曲目定好了，雖然花的時間不算短，然而對關係還有些僵硬的男、女舞來說，能坐著好好商定一件事而不是以大亂鬥來決定，就已經是個長足的進步。

我由衷相信，眞正的和平指日可待。

當然，前提是彼此的意見沒有衝突。

本來嘛，決定好曲目，接著就該討論要跳哪種舞風和如何編排，許浘載挑了個素材說這種動作落在重拍上的編舞會很有舞台效果，人多跳起來更好看，男舞的人紛紛附和，大概是看女舞都沒表示意見，簡穆宇便意思意思地問了句：「妳們覺得呢？」

奇妙的是，明明詢問的對象是大家，他卻直盯著我看，那表情說不上來的眼熟，突然勾起某個我不想面對的回憶……

「跳得很好？妳還差得遠。」

對，就是那個我刻意遺忘的，被簡穆宇狠狠瞧不起的夜晚。

關於我這個人，段淳雅曾用「不服輸」來形容過，要不是當時我正被拿來和徐思穎比較，也許會百分之一百二十地認同段淳雅的話。

國中時，我自然科的成績很好，父母和老師都誇我在這領域頗有天分，若不是高中那時過度投入社團，我想我現在應該已經在成為科學家的偉大航道上，長大後說什麼也要造一個破壞力一流的原子彈，幫助我國的武器實力超英趕美，在世界上立足。

還記得國二的某次段考後，我和自然老師大吵了一架。

當時她在教室發考卷，從最高分一路往下發到最低分，並把成績一個個念出來。

第一張考卷是我的，九十八分，我努力不讓自己表現得太驕傲，上前領走考卷，但接下來領考卷的人也是九十八分，甚至那次考九十八分的人足足有五個這麼多，把我氣得……我花了三分鐘思考出結論，確定是題目出得太簡單才會如此。

於是我天不怕地不怕地，在同學面前和自然老師直接槓上。

她說段考是為了確認學生是否有吸收上課內容，不是為了難倒他們，出太難的題目對評測沒有幫助，而我質問老師，妳出得那麼簡單，人人都能拿高分，也只是為了表面成績漂亮和自爽而已吧？

然後自然老師就賞了我一支警告。

現在回想起來，這只是我人生中另一筆瘋狂的紀錄，但那時我想講，礙於同學都在場就沒講的心裡話其實是：那麼簡單的題目如何凸顯出我自然小天才真正的實力？

對，我這人就是這麼不服輸，從小就是。

所以當簡穆宇滿不在乎地數落我「還差得遠」時，我就沒打算要認同他，相反地，我必須讓他對我改觀才行，而且要愈快愈好。

於是盯著許汦載和男舞社員中意的那組編舞，我想了幾秒，愼重地說：「太簡單了。」

然後我就被瞪了。

奇怪，我有說錯話嗎？像這類重點型的編舞是眞的沒什麼難度啊。

簡穆宇一臉不以爲然，「那妳想要多難？」

我拿起平板電腦，點開幾個視頻後找到我要的，「起碼也要這個程度吧？」

許汦載默默看完我選的影片，搖頭道：「妳選的這個編舞結構基本上沒有重複，而且拍子很碎，如果要練到整齊，會花很多時間。」

喔，所以呢？

我歪著頭，「不是還有一個半月嗎？」

許汦載哀號：「大姊，月底要期中考啊！至少有兩個星期不能練習。」

我假意笑了笑，「有人……在乎期中考嗎？」

在我印象中，舞社的孩子就該練舞練到走火入魔、荒廢學業才對。

「有啊，我。」徐思穎用她尖細的嗓音說：「我之後申請國外的舞蹈學院會看在校成績，妳不要自己沒那個需求就認爲大家都沒有。」

好吧，看來練舞練到荒廢學業的只有我。

「但作爲一個舞蹈社團，表演這麼簡單的東西也太不專業了吧？」我不肯放棄，「說實話你們選的那個程度，康輔社就能練了。」

眾人似乎都不想再與我爭辯，他們全望著簡穆宇，等著他說點什麼。

簡穆宇生來大概就是個不負眾望的存在吧，我想。他要滿足爸媽的期望，要時常終結紛爭，盡他身爲救世主的本分，現在又要依大眾的意思對我說點什麼。

不過按照他現在看我的目光，我合理懷疑他本來就想修理我了。

「表演是要看場合的，像聖誕舞會這樣的場合，只要氣氛對了，就不需要複雜的技巧，況且簡單的舞如果認眞跳好，也是另一個層次的表演。」簡穆宇眼裡的輕視顯而易見，卻不是幸災樂禍的那種，反而看起來……有點失望？「一個眞正專業的舞者是從心態上判斷的，不需要透過舞技來展現專業。」

他這一番話很有道理，然而我這麼不爽是怎麼回事？

我瞇起眼，「你最後一句話是什麼意思？」

「還不夠明顯嗎？」他說，語氣平淡得聽不出半點情緒，「我說妳心態上不夠專業。」

好，非常好。

通常面對衝突，我有兩個選擇：一是開扁，二是離席。礙於我想在形象這件事情上洗心革面，當下我選擇離開社辦。不過這麼做同時也代表：我掉隊了，從聖誕舞會表演的陣容中。

小丹聽完事情的來龍去脈後恨不得把我惢死，可惜她打不過我。當時我們正跟著人群走在出校門的路上，一旁就是車道，我好幾次懷疑她想把我推到路中間。

「姚靜敏！我眞的要被妳氣死了！」雖然她這麼說，生氣的臉卻不怎麼恐怖，紅通通的很是可愛，「妳就不能好好待著，一天不跟妳們家社長起衝突嗎？妳看妳，本來還有簡單的舞可以跳，現在鬧成這樣，什麼表演都不用參加了。」

「欸欸欸，妳給我好好說話。」我嗤之以鼻，「那傢伙不是『我們家社長』好嘛。」

「那是重點嗎？」小丹的粉拳往我肩上招呼，「不能參加聖誕舞會表演，妳要怎麼辦？」

「什麼怎麼辦？聖誕舞會也不是很重要嘛。」我說，餘光瞥見公車即將進站，連忙向小丹揮手道別：「我先去打工了，明天見。」

小時候，我很喜歡的一部港片裡有句經典台詞：好耶，好運還沒跑！

我不知道爲什麼會突然想起這個，但如果要套用於眼前的狀況，我會把它改成：天啊，厄運還沒完！

晚上九點，舞蹈教室的最後一堂課剛結束，我把學員送走、環境整理好後，問老金能不能借大教室讓我練舞。老金正準備下班，只說了電費不便宜，要我把除了大教室外，所有空間的燈和冷氣都關掉，然後別太晚離開。

大專盃預賽結束以後，我一直沒學新的舞，如今看來聖誕舞會的表演也無望參加，所以其實是沒東西可以練，然而不知為何，我今天離開社辦後就非常、非常想跳舞，不管跳什麼都好，總之就是想要動一動，想跳到讓我驚覺，毒癮犯了的感覺也不過如此吧？

獨占大教室練了半個小時後，教室門鈴突然響了，我以為是哪個老師忘了帶東西，半途折回來拿，於是毫不猶豫地拉開門。

門外站的是簡穆宇。

是不是，我就說了嘛，厄運還沒完。

「你……」我一時語塞。

結果他神色如常，「我要借教室備課，老金說妳在，叫我直接來。」

想起下午在社辦發生的事……我可以把他鎖在外面，不讓他進來嗎？

想歸想，最後還是得放他進來，而且還因為要節省電費而不得不和他共用一間教室，幸好共用教室的影響沒有當初共用社辦那麼大，各自占據一個角落就互不干擾了，只是不知道爲什麼，我變得很難專心……這是我的問題還是他的？

我心不在焉地又練了半個小時，卻感覺比專心練上半個小時更累，反倒是他，似乎一點也沒有被我影響，很認眞地備課，沒有表情的那種。我盤腿坐下來休息，爲了不讓簡穆宇產生我在看他的錯覺，還特地背對他坐，卻還是忍不住從鏡子裡偷看他，我眞變態。

這不是我第一次見到簡穆宇跳舞，事實上在社課、打工和比賽等種種場合加起來，已經差不多看膩了，他的舞技沒什麼好說的，總之完美之外還是完美，我挑不出錯，反正像我這種「心態不專業」的人，大概也沒資格挑他的錯。

但他說我「心態不專業」到底是什麼意思？罵人難道不用給個解釋嗎？

「沒人跟妳說過，妳看舞的眼神不對嗎？」

我從內心戲很多的小宇宙回過神，發現簡穆宇也在休息，而且正從鏡子裡反盯著我，眼神很冷。

所以剛才那句話是對我說的？看舞的眼神不對？

「……哪裡不對？」我反問，滿心的莫名其妙。

原來還有規定看舞的正確眼神？那有沒有規定看舞時要正坐，讓背和大腿成九十度垂直、下巴要適當仰起與脖子保持距離、嘴角要保持上揚十五度的微笑，還有觀看前三天要齋戒沐浴？

「別人看舞不是羨慕嫉妒，就是鄙視瞧不起，無論哪一種，至少有把舞看進眼裡，」

他拿毛巾抹過脖子和側臉，瞟了我一眼，「但妳總是一副不知道自己爲什麼在這裡的表情。」

對呀，我爲什麼在這……不對，差點就被他牽著鼻子走了！

我不動聲色，只以緩慢的眨眼來表達平靜的心情，「我有嗎？」

簡穆宇皮笑肉不笑，「有沒有妳自己心裡清楚。」

他這種無所謂的態度瞬間惹惱了我，我咬了咬下唇，「你好像對我有很多意見？不然最近幹麼一直針對我？」

簡穆宇不置可否，繼續做他的伸展運動。

「看來是眞的。」我轉過身，面對他站了起來，「不然這樣好了……你對我還有什麼不滿，乾脆趁今天一次說清楚？省得每次數落我之前，還要花時間醞釀情緒。」

雖然我是虛心討教的用詞，卻是挑釁到底的語氣，簡穆宇肯定也感受到了。

他注視著我，烏黑的瞳孔裡有了點情緒。

「妳知不知道自己跳舞最大的弱點是什麼？」他問，然而我只是繃著臉，沉默地瞅著他，於是他繼續說：「妳以爲是柔軟度？是舞技？」

我愣住。的確，一直以來我視柔軟度爲自己最大的罩門，面對簡穆宇，我認爲我和他的差異只在於他多了十幾年的培訓經驗而我沒有，因此理所當然會產生舞技的優劣。

不過他是怎麼知道的？

「如果不是這些，」我努力穩住因激動而發抖的聲音，我不能讓簡穆宇知道他的話在我心裡激起波瀾，我不能讓他得逞，「那你倒是說清楚，我最大的弱點是什麼？」

他可能以爲我有多想聽到他的答案，事實上，我只是想知道他能說出什麼高見。

他以爲他是誰？

簡穆宇拾起地上的背包往肩上一甩，然後朝我走來，這突然的舉動讓我有些摸不著頭緒，他其實可以站在原地繼續數落我就好了，有必要靠近嗎？

他在我面前停下腳步，站姿踱個二五八萬的。

「妳看過自己跳舞的影片沒有？又或者說，妳看過鏡子裡的自己跳舞的樣子嗎？」

這傢伙是語無倫次了嗎？

我不耐煩道：「你在說什麼廢話，當然有。」

「既然有，那妳爲什麼看不出來？」他微微彎腰，平視我的眼睛，「妳太沉迷於技巧，所以跳起舞來很空洞、沒有感情，妳知道嗎？」

如果簡穆宇說這話是爲了讓我腦袋當機，那他成功了。

什麼叫「跳起舞來很空洞」？這傢伙說話還能再抽象一點嗎？

「大專盃預賽前，袁尙禾問過妳一個問題，當時妳沒回答，不如現在回答吧？」他頓了頓，而我莫名爲這一小段空白感到害怕，「妳……爲什麼加入舞社？」

「我……」我爲什麼加入舞社？當然是爲了打敗徐思穎，證明我自己啊！

「我從段淳雅那裡聽說了妳和徐思穎的瑜亮情結，」簡穆宇打斷我，自顧自地說。他似乎根本不想聽我的回答，又或者是他早就知道正確答案，「妳之所以從小學舞、跳舞，甚至到現在加入舞社，都是爲了報仇？爲了證明妳比她強？」

我目瞪口呆，他的解釋甚至比我能說出口的答案更精簡、更正確。

很好，我姚靜敏一世英明，居然就這樣呆站著任他數落了十幾分鐘，更扯的是，明明被罵的是我，一臉受傷的卻是簡穆宇……是怎樣，我爲了雪恥而跳舞很對不起他嗎？

「姚靜敏。」聽到他叫我的全名，眉心反射性地跳了一下，因爲他從來只有在準備要罵我的時候才會連名帶姓地喊我，「妳能摸著良心說自己跳舞是因爲『喜歡跳舞』嗎？妳能嗎？」

奇怪……爲什麼我覺得這個問題在某種程度上重擊了我的心臟？

我能嗎？我垂下眼，盯著自己的腳尖想了半天……我好像，不能。

至少那不是支撐我學舞這麼多年的最大原因。

我的沉默給了簡穆宇惱怒的理由。

「妳眞的讓人很失望。」他的聲音異常低沉，像是在控訴什麼，「不只是我，所有因爲喜歡跳舞而跳舞的人，還有那些喜歡跳舞卻不能跳舞的人……妳的存在，讓人很失望。」

他的眼神既憤怒又沉痛，我本能地不想示弱，直直回瞪他。

說實話，有這麼嚴重嗎？就我一個平凡的女大生，不過是學舞的理由比平常人怪了一點，他卻說得好像我對不起社會大眾，至於嗎？

可是他看起來真的挺生氣的，氣到讓我覺得對我最失望的其實是他，與別人無關。

於是我冷哼一聲，「你言過其實了，我自認影響力沒那麼大。」

下一秒，世界徹底安靜了，像是我說了什麼無可救藥的話一樣。

看來我的影響力還是很大的，否則簡穆宇的表情怎麼會因爲我的一句話改變得如此徹底？本來他臉上有憤怒、有失望，還有很多複雜難解的情緒，這一刻什麼都沒了。

「妳想怎麼做，是妳的自由。」他恢復淡漠的口氣，並且轉身欲走，「但如果可以，我希望妳再也別跳舞。」

OK，本日最荒謬……他叫我不要跳舞？

數落我、在眾人面前給我難堪，甚至取消我的表演資格，這些我都能接受，可他叫我再也別跳舞？這不是蠻橫不講理是什麼？

「能不能，不要再侮辱我的夢想了？」離開前，他說。

♪

期中考週，莫名下了一整個星期的雨。

我用課本遮住頭頂，快步跑下斜坡後一溜煙出了學校側門，到對面的便利商店躲雨。有一種沒帶傘的理由叫做「早上出門沒下雨」，我被淋得課本、衣服、鞋子，以及包包全都濕透了，還餓得要死。距離四點最後一科的考試還有兩個小時，我決定去經常光顧的韓式料理店塡飽肚子。

雨下得正大，我雖然在便利商店，卻不想買傘。

因爲我一點也不想跟這場大雨妥協，儘管它已經困擾我好幾天了。我想，要是我死後被解剖，科學家應該可以從我的血液裡，驗出一種名叫「我不服輸，我就是不服輸」的特殊物質，這可以很好地解釋，爲什麼我總是跟生活中的人事物對著幹。

我站在便利商店的屋簷下，考慮是要等雨小一點再離開，還是現在就拔腿狂奔，然後有一個人舉著黑傘停在我面前，他把雨傘微微往後仰，露出臉來。

是袁尙禾。

他瞅著我，笑容特別燦爛，「抓到逃課的壞孩子了。」

我沒理會他的話，靜靜等他笑完。

「妳沒帶傘？」他的視線在我手上轉了一圈，「妳要去哪？說不定我可以送妳一段路。」

正常情況來說，這個問題的答案應該是「NO」，但當我看見豆大的雨滴撞在傘面，濺起的水花是如此充滿美感又澎湃時，我忽然覺得這個交易好像不錯。

可爲了不看起來像是有求於他，我擺出不置可否的臉，「吃飯。」

「這麼巧，我也餓了。」袁尙禾將傘撐在我和他的頭頂，「要不然一起吃？」

我愣愣地看著他。

事情怎麼會突然從雨中漫步一下子進展到一起吃飯了？我還沒準備好啊。

平常如果不是和小丹一起，我通常是一個人吃飯，而獨自吃飯有一個好處，那就是不用費心思考到底要和對桌的人聊些什麼。

不過仔細想想，和袁尙禾一起吃大概沒有這個問題。

於是我瞪著烏黑的傘面，裝出一副難搞的樣子，「吃什麼我來決定。」

「那有什麼問題，」他露齒一笑，讓我有種天氣放晴的錯覺，「我配合度最高了。」

和校園風雲人物一起用餐的結果不出我所料，什麼都沒做就成了眾人矚目的對象。

點完餐，袁尙禾起身張羅餐具，又幫忙倒飲料，忙了半天才坐下。

「學長。」我望著桌面上排列整齊，用衛生紙擦過的餐具，感到極度不可思議，「不要跟我說你爲了把妹，把這些技能都內化了。」

「什麼技能？」他喝了一口紅茶，目光隨著我的移向桌面，「妳說這些啊，嗯……可能是因爲我前女友是個嬌生慣養的公主？不過拿來把妹確實是挺好用的。」

我克制自己別去想他口中嬌生慣養的前女友，究竟是不是我印象中那個獨立溫柔的天仙學姊。雖然有卦不能八很難受，但我更不想窺探不熟朋友的隱私。

「妳是怎麼回事?為什麼不來練習?」服務生剛上完菜，袁尚禾忽然問我。

「學長，」我隔著食物蒸騰的熱氣瞪他，「你一定要現在說這個嗎?想害我沒食欲?」

他仰頭大笑，頗開懷的那種，「拜託，妳缺練了整整兩個星期欸!我只是問一句妳就沒食欲……該不會是遇到什麼困難吧?妳說說看，或許我可以幫忙。」

可以幫忙嗎?我邊用湯匙攪著麵裡的洋蔥，邊想著。

在別人眼裡，特別是在簡穆宇眼裡，我大概就是個禁不起罵的草莓族，被當面數落個幾句就開始蹺社課、蹺練習。事實上，儘管我很不想承認，可是某部分的我漸漸認同他說的那些話。

我不是沒試過幫自己找更多站得住腳的理由，但每一次都只是更深刻地體認到自己有多荒謬。他說我太沉迷技巧是對的，說我跳舞沒有投入感情是對的，說我很讓人失望也是對的……我想簡穆宇如果不是眞的很喜歡跳舞，也不會這麼對我發脾氣。

而那天我之所以沒反駁，只是在心裡嘔氣，是不是因爲我潛意識裡其實早就認同他了?

我忍不住把這些牢騷都告訴袁尚禾，他始終微笑聽著。

我嘆口氣，繼續道：「某種程度上來說，我可以體會他的心情啦……要是有人在我面前糟蹋我最喜歡的食物，我應該也會很生氣。」

袁尙禾聽了我的話，一口石鍋拌飯差點梗在喉嚨裡，「呃，妳的邏輯很正確，但是這比喻似乎有點……不過，同樣身爲吃貨，我能理解妳。」

我白眼直接去見了後腦勺一面，「你才吃貨！我只是對喜歡的食物比較執著而已。」也不想想你吃了我櫃子裡多少零食……

「好，我才是。」袁尙禾被我逗笑，「既然妳都說了能理解，爲什麼不回去練習？」

對呀，爲什麼不回去練習？我低下頭，用湯匙戳著碟子裡的馬鈴薯。

「簡穆宇說我跳舞的心態不對，那在我調整好之前，好像不應該繼續跳舞？而且那天他還說了，如果可以，希望我再也別跳舞，我如果回去練習，豈不是……」

回想起那天的畫面，我感覺特別屈辱，要是世界上眞的存在記憶消除器，我肯定不遠千里、不辭辛勞也要弄一台回來，忘掉那難堪的回憶。

「我都不知道妳什麼時候變得這麼聽話了。他叫妳別跳，妳就眞的不跳？」袁尙禾雙手放上桌面，身體突然前傾，「那我叫妳跟我交往，妳會照做嗎？」

……這人是不是有病啊？

「學長，我在說正經事，別開玩笑好嗎？」我拿衛生紙球丟他，「我都快煩死了。」

「好好好，不開玩笑。」他伸手接住我的凶器放到一旁，笑道：「如果我是妳，根本不會顧慮那麼多。妳先告訴我，跳舞對妳來說重不重要？」

「你這不是問廢——」

「很重要，對吧？」他不等我說完，「那妳更不能因爲別人的三言兩語就放棄，妳想想，妳都跳幾年了，要調整心態、要找到意義，當然是回去邊跳邊找，讓身體告訴妳更快啊！就妳在這悶頭苦想，是打算想到明年中秋節？」

袁尚禾這一席話成功把我唬住。

「我覺得你不該參加舞社。」我瞇起眼睛，「你這麼伶牙俐齒，怎麼沒去辯論社？」

他以迅雷不及掩耳的速度掏出錢包把帳單結了，「參加辯論社？那我怎麼把妹？」吃完飯，天居然放晴了，就跟袁尚禾這人一樣不可思議。

我和他站在店門口話別。

「可惜了，要是雨沒停，還可以順便送妳去考試……妳想想，兩個人共撐一把傘在雨中漫步，那畫面多浪漫啊！」他一臉惋惜地收起雨傘。

我瞇著眼看向他，「我錯了，不該叫你去辯論社，你滿嘴都是垃圾話，對辯論沒有幫助，對你的人生也沒有。」雖然我已經習慣他的垃圾話了。

「所以嘍，妳看，我是不是加入舞社，認識了妳，這才叫對人生有幫——」

「我先去考試了，學長再見！」沒給他機會說完，我邁出步伐，又突然想起一件事，轉過身對他說：「學長，下次換我請你吃飯。」

「喂，妳明天會不會回來練習啊？」他在後面大喊。

我裝作沒聽到，加快腳步離開了。

因爲，我也不知道我會不會回去練習。

那天晚上我做了一個很逼眞的夢，一個關於過去的夢。

高中時，我帶領班上的人參加啦啦隊比賽，從選歌到編舞，再從隊形到服裝，全由我一手包辦，而爲了增加奪冠的希望，在觀察完其他班的練習狀況後，我決定修改編舞，提升難度。

因爲這個決定，隊裡的所有人都在罵我，但我沒有妥協，用一個晚上的時間就把編舞給改了。

結果，新的編舞太複雜、難度太高，加上練習時間不足，導致隊員們沒把動作記熟。理所當然地，那次比賽我們班落馬了，評審當時給的評語至今我一個字都沒忘記。

「所有人看起來都很沒自信，不知道是不是因爲動作沒記熟的緣故，而且群舞一點也不整齊。」我看不清夢裡評審的臉，聲音卻聽得非常清楚，「或許是太想呈現華麗的編舞而忽略了整體性？像這樣團隊合作的競賽，整體性很重要，至於炫技什麼都是多餘的。」

我站在台下低頭聽完講評，感覺到不少來自隊員的憤恨目光射在我的後腦勺上。

而夢境與現實的分歧點就在這裡，我聽見一陣腳步聲，於是抬起頭，竟看到簡穆宇不知道從哪裡冒了出來，他走到我面前，滿臉失望地注視我。

不對啊，啦啦隊比賽是高中的事，那時我根本還不認識簡穆宇，他爲什麼會在這？

「妳太沉迷於技巧，所以跳起舞來很空洞、沒有感情，妳知道嗎？」他說。

然後我瞬間驚醒，眼前除了天花板什麼都沒有，房間裡的電扇嗡嗡作響。那一夜，我在床上翻來覆去始終沒睡好，隔天理所當然地頂著一對熊貓眼去到學校。

所以，原來當時評審說的和簡穆宇想表達的是同一件事，那我究竟有沒有從啦啦隊比賽中得到教訓呢？顯然沒有，如果有，我就不會因爲聖誕舞會編舞的事情和簡穆宇槓上了。

這大概就叫自作孽不可活吧。

最後一堂下課鐘響後，我在文館外的斜坡躊躇不前。其實也不能說沒有前進，只是進三退二這種步伐，速度實在很難快得起來，可我終究還是到了活動中心，還在門口偷窺了一下，他們已經練完表演的編舞，正在排隊形。

最壞的情況是什麼？我在心裡問自己。

大概就是當著眾人的面再被簡穆宇痛罵一頓吧？不過當眾挨罵這齣戲前幾天也上演不少次了，或許我已經對此免疫了也說不定。

深吸幾口氣，我走進活動中心。

後來想想，我原以爲的最壞情況根本不算壞，簡穆宇就算動手揍我，也還在我能忍受的範圍內，說不定我還會因爲可以跟他打上一架而開心，但無論如何，我絕對不期望事情變成現在這樣。

我站在活動中心舞台的一角，眼巴巴看著所有人排練，插不上半句話。

雖然段淳雅和袁尚禾不停朝我投來同情的目光，然而這完全緩解不了我的難堪，因爲簡穆宇徹底把我當成空氣，不理不睬。

我只能說，他的演技很棒，很適合演出解離性人格症的患者，面對我，他變身成一個聾盲啞人士，不聽、不看、不問，而面對社員，他仍是那個全才社長，正在協助大家排練。

我才知道，原來無視比責罵更折磨人。

我站在那兒的姿態不比一個在大街上裸奔的流浪漢好多少。

好不容易捱到練習結束，我已經在舞台邊站了整整兩個小時。最初的半個小時，我試著和簡穆宇對話、引起他注意或擋住他的去路，但都沒有成功，他總能輕巧地避開我，可能是因爲他是個學舞的人，這對他來說是小菜一碟，甚至連我想自主加入練習，他都能在走位上牽制我，逼得我不得不退到一旁。

天色已晚，社員們一一離開活動中心，袁尚禾臨走前不動聲色地拍了拍我的肩膀，我知道他的意思是要我好好處理，幾個在門口想看戲的男舞社員也被他順手帶走了。

我當然會好好處理，不過以目前的情況看來，挑戰登上玉山好像更容易一點。

簡穆宇還在整理場地，我慢吞吞地走向他。他剛處理好舞台布幔，而我站在離他不超過三公尺的距離，他卻連看都不看我一眼，逕自掛好布幔繩就要與我擦身而過。

我意識到這個瞬間非常重要，於是回頭伸手一抓。

抓住簡穆宇的手腕了。

這個動作其實有點危險，我想起去年暑假教我擒拿術的老師曾經提過，如果在路上被可疑人士抓住手腕該如何反擊，具體過程很難用字面來描述，但一氣呵成給對方來個過肩摔我倒是做得到。

幸好簡穆宇做不到。

因爲他只是回頭看我，眼神特別不悅。

「有事嗎？」這是他今天對我說的第一句話。

說實話這挺傷人的，好在我早有心理準備了。

我糾結著到底要不要先放開他的手再說話，可又怕我一放手他就會馬上走人，最後我決定站在他正前方，順便擋住唯一一座能下舞台的樓梯，他如果想走，除非over my dead body！

不過阻止他離開只是一個開始，我還是得進入正題，這正題挺嚴肅、也挺困難的，於是我看著他，醞釀了一下情緒才開口：「我想……回來練習。」

我的聲音小得像螞蟻叫，但我知道他聽得見。

「練習？從現在開始？」他的表情從不悅進化成非常不悅。

「……嗯。」

「姚靜敏，妳到底把舞社當成什麼？」因爲憤怒，他眉頭皺得死緊，嗓音也變得低沉，「當妳蹺掉社課的時候，其他社員都在辛苦排練，而且是整整兩個星期，現在妳說回來就回來，有考慮過其他人的感受嗎？」

我不敢回答，每當被說中心聲又不想承認時，我習慣沉默。

「妳連團體練習都不吭一聲地蹺了，證明跳舞在妳心裡並不重要，又何必練習？」他說完便垂下眼，打算繞過我，「借過。」

情急之下，我雙手並用從正面抓住他的手臂，腳頂地，用上全身力氣阻止他離開。

「是我做錯了！」我低著頭大喊，不敢抬眼看他，「我沒辦法說出那些讓人雞皮疙瘩掉滿地的道歉，但我眞的知道錯了，求你……求你讓我回來練習。」

坦白說，我不是一個很會道歉的人，既不會梨花帶雨地哭求再給我一次機會，更不會說「眞心悔改」、「再也不敢了」或「這一次我會證明」諸如此類的話。

是自尊太重要了嗎？以致於大部分華麗的道歉詞對我來說都顯得很難說出口。

簡穆宇沉默了幾秒鐘，緩緩道：「我不會給妳比別人更多的時間，也不會幫妳特訓，要怎麼跟上這次表演，妳自己想辦法，如果跳得不好，我不會讓妳上場。」

我有道歉上的極限，想必簡穆宇也有讓步的極限，我知道這已經是他能給我的最大寬容了，於是我點點頭，默默放開他的手，而他未曾停留，越過我快步離開。

我來到活動中心的目的已經達成，可是爲什麼……一點如釋重負的感覺都沒有？

我呆立在原地很久，感覺心臟鼓譟得厲害，手和腳都不停顫抖著。

舞台側通往休息室的門後忽然傳來聲響，聽起來像是有人把什麼東西弄倒了，因爲想不出來這時間還有誰會在裡面，我動也不動，只是瞪著那扇門，考慮著我是否該拔腿狂奔。

突然，門被打開了，裡面的人是小夏。

她一臉不好意思地走出來，伸手抓抓頭髮，不敢直視我的眼睛。

見她這副畏縮的模樣，我愣住，一個想法迅速劃過腦海。

「妳、妳都聽到了，對吧？」

這是種和洗澡被偷窺沒兩樣的羞恥感，尤其我根本沒預期會被第三人聽見。

「抱、抱歉，今天表演服到貨，所以練習結束後我留在裡面點貨，沒想到會聽見你們爭吵……我……」小夏似乎說不下去了，一臉難爲情。

她的尷尬不比我少，反倒讓我覺得有點不好意思，也幸好休息室裡的人是她，要是走出來的是徐思穎，我應該會考慮直接轉學。

「喔，沒關係啦。」我堆起笑容，假裝不在意她聽見了什麼，「那……衣服都弄好了？需要我幫忙嗎？」

「不、不用啦，」她連忙擺手，「我已經處理好了。」

「好，那妳早點回家。」我說，下意識想盡快逃離這個地方，「我先走了。」

我跑出活動中心，確定四下無人後才慢慢緩下腳步。

雖然簡穆宇答應讓我回去練習，但我現在的情況依然不樂觀，足足落後其他人兩個星期的進度，而且還要自己想辦法補救，眼下我勢必得找人幫忙，可問題就在於……

我不知道該找誰幫忙。

徐思穎？想都別想，她不害我就謝天謝地了；段淳雅？似乎比較靠譜，然而她大三兼修教程，課表非常滿，我不好意思麻煩她，而剩下的兩個女舞社員實力欠佳，靠她們，我不如靠自己。

遠遠瞧見前方樹下有個高䠷的人影，不過他為何對我揮手？

「嗨，學妹，好巧啊。」待我走近，見到袁尚禾倚著樹幹，燦笑著打招呼。

巧個頭，現在都幾點了，天色這麼黑，他站在樹下到底想做什麼？

我牽起一抹假意的笑，「學長，晚上睡不著，來海報街玩巧遇遊戲嗎？」

「被妳這麼一說，好像我是變態大叔似的。」

嗯，這人智商還滿高的，「對，我就是這個意思。」

「那可不行，」他笑著搖頭離開樹下，走到我面前，「我是來當神仙教母的。」

啊？我與他沉默對視了五秒。

「學長，有病就要按時吃藥，這樣才好得快一些。」我露出憐憫的表情，伸手拍拍袁尚禾的肩膀，「大半夜的，不要出來嚇人好嗎？」

「學妹，妳這樣說話就不可愛了，」袁尚禾賊笑，從口袋掏出手機，「要我怎麼心甘情願把練習影片傳給妳呢？」

「可愛你個——」我哽住，而他一臉得意地瞅著我，「你說傳什麼？練習影片？」

「是呀。」他亮出手機上的影片預覽，一副煞有其事的樣子，「只是剛才有人對我很不友善，我心靈受創，手指沒力氣按傳送。」

「那就把手機交出來，我自己傳！」我的嗓音不自覺變得低沉，並像隻餓狗見到食物一樣朝他撲過去，但他似乎早有心理準備，轉身撒腿就跑。

時間臨近午夜，我和他在文館斜坡上演了一場追逐戰，當然，最後我還是把影片拿到手了。

之後我沒有回家，向老媽報備要去同學家做分組報告後，就去了舞蹈教室。老金接到我凌晨十二點要借教室的電話，好像受到不小的驚嚇，很怕我藉口練舞，卻是要在教室裡開趴，還說了句「你們大學生不都這樣玩嗎」，我只好告訴他，我有今天晚上一定要熬夜練舞的苦衷，差點要哭給他聽了，他才勉強答應我。

雖然一個人在夜裡走進全黑的舞蹈教室是件很可怕的事，但因著我骨子裡的那股不服輸，我還是做到了。我對這得來不易的一切充滿感謝，尤其感謝袁尚禾，如果他沒有傳影片給我，我就得找人指導我聖誕表演的編舞，現在有了練習影片，我可以靠自己的力量跟上進度。

我在舞蹈教室練了一夜，直到隔天早上九點老金過來準備他的第一堂課。他不敢相信我居然待了一整個晚上，一邊尖叫著這樣很傷身，一邊要我快去沖澡。

說實話，徹夜不睡真的是個不良示範，不管是爲了什麼，都應該盡力避免。

由於這個不良示範，我在學校睡了一天，除了吃飯和換教室，其他時間我幾乎都在補眠，連下午的選修課也一樣。那時袁尚禾就坐在我旁邊，本來他還想找我聊天，見我呈現彌留狀態，就很好心地放過我，還在老師問起時幫忙解釋我是身體不舒服。

到了放學的時候，我的體力終於恢復了八成，有力氣去活動中心練習了，簡穆宇看到我出現時，似乎很是詫異。

「進度跟上了？」他問。

我點頭，儘管不能說非常熟練，可我必須點頭，如此才對得起我一夜沒睡。

簡穆宇對我的回答不置可否，又說：「但是一開始小夏幫我們排隊形時妳不在，現在整支舞的完成度已經很高，沒位子給妳站了。」

我垂下肩膀，感覺像被人當頭澆了一桶冰水。

沒位子站，難道不能昨天就告訴我嗎？我都苦練了一夜，你才——

「不過，」他揚起一抹微不可察的笑，「如果其他人願意爲妳適應新的隊形，我不介意幫忙重排。」

我瞪大眼。這是什麼意思？

轉頭看向其他社員，除了徐思穎一臉厭世地翻白眼，剩下的社員都在偷笑。

「抱歉，沒有刁難妳的意思。」簡穆宇再次開口，「但我有義務讓妳了解，妳的一時衝動和事後反悔會給多少人帶來困擾。」

我沒有吭聲。

簡穆宇這招就是所謂的震撼教育嗎？我剛才真的連鑽地洞的心都有了。

「社長，我不介意獨自站中心的位子改成和靜敏對稱，」段淳雅突然出聲，並走出隊伍在我們面前比劃了一下，「如果是這樣，隊形應該不用大改，而且其實對稱比較好看。」

她大概是為了還我之前答應參加大專盃預賽的人情，才會跳出來幫我說話，不過挑這個時候還人情還真是恰到好處，我感激地看著她，而她只是對我眨眨眼。

這該算是我有貴人運，還是好人有好報呢？總之，改天我要把段淳雅和袁尚禾的照片印出來裱框，掛在我房間裡好好膜拜……這種神救援可不是人人都能做到的。

後來我成功回到表演隊伍中，後續練習的彩排也很順利，直到表演當天。

上台前三十分鐘，社員們在後台換衣服的換衣服、化妝的化妝，然後徐思穎忽然尖叫了一聲，手上抓著一件破了好幾個洞的表演服，仔細一看，衣服竟是被刀劃破的。臨上台前發生這種大事，徐思穎頓時慌了手腳。

「難道你們的衣服都沒事嗎？」她虛弱地問，而其他人的表演服確實都是完好的，問到最後，她好像快哭了，立刻引來一眾社員的安慰。

小夏拿起她的表演服檢查，表情凝重，「怎麼會這樣？到貨的時候明明好好的。」老實說我也很同情徐思穎，但礙於我和她的關係不太好，實在不適合表示什麼，幸好已經有一大群社員在安慰她，我只要沉默地站在一旁就行，我唯一能做的，就是不要幸災樂禍。

此時幾乎所有人都換好表演服，我也不例外，只是從剛才我就一直覺得緊身的黑短褲穿起來不太舒服，我摸了摸褲腰，開始想辦法調整，卻在後口袋摸到一個突起的異物，大概就是那個異物卡得我不舒服，我沒多想，伸手把那東西拿了出來。

居然是一把美工刀。

我的第一個想法是——我沒有想法！只覺得好像要發生什麼不得了的事。

「姚靜敏！」徐思穎尖細的聲音突然冒出，「妳手裡那是什麼？」

我整個人還在狀況外，下意識地回答：「美工刀啊。」

然而話一說出口，所有人看我的眼神都變了，我即使再笨、再不會讀空氣，也看得出他們眼中的情緒叫做「猜疑」，這下好了，大家肯定懷疑我就是劃破徐思穎衣服的兇手。

「妳身上爲什麼會有美工刀？」徐思穎像是受到了天大的委屈，淚水瞬間湧上，「是不是妳把我的表演服——」

「我怎麼會知道？」我打斷她，口氣不耐，「妳別亂說話，我沒動妳的衣服！」

「不是妳還會是誰！」她近乎尖叫，眼淚奪眶而出，「我知道妳一直看我不順眼，因爲從小到大妳每一次比賽都輸給我。妳再怎麼討厭我、說我壞話，我都無所謂，可是妳怎麼可以弄壞我的表演服？」

大概是因爲徐思穎哭了、大概是因爲她說的有理、大概是因爲整體情況確實對我很不利，眾人明顯相信她說的話，相信我就是兇手。

我嘆了一口氣，簡直生無可戀，「拜託你們用腦想一想可以嗎？如果眞的是我弄壞了她的表演服，我會蠢到把凶器留在身上嗎？還偏偏在這個時候拿出來惹人懷疑？」

我搞不懂，這擺明是栽贓的手法，爲什麼就沒人看出來？

「說不定妳就是爲了用這個藉口脫罪，才把美工刀留在身上！」不得不說，徐思穎的哭喊替她的話增加不少可信度，現在整間休息室裡大概沒有人相信我的清白了。

這時簡穆宇開門進來，袁尚禾跟在他身後，見氣氛不對，簡穆宇沉著一張臉。

「等下就要上台了，又在吵什麼？」

徐思穎開始抽抽噎噎地說明事情經過，而簡穆宇每聽一句，臉色就更沉一分，最後他的目光停在我手上，更準確地說，是我手裡拿著的美工刀上。

我一直都很相信簡穆宇的判斷力，因爲他擁有對跳舞的無比熱情，這使他能夠認眞嚴肅地看待與之相關的所有人事物，所以當他走過來取走我手裡的美工刀，並冷淡地表示「表演完再說」時，我突然覺得呼吸困難。

「連你也認定是我做的，是嗎？」我發現自己無法冷靜，全身血液迅速往腦部集中，但簡穆宇就只是沉默，這更令我生氣了，「你連問都沒問我，只聽了徐思穎單方面的敘述就認定我是兇手——」

「夠了！」簡穆宇低喝，打斷我的話，然後轉身背對我，這就像當眾宣判了我的死刑，「我剛才已經講了，表演完再說。」

第五章　要跳舞就別給我面癱

睡夢中，我隱約聽見手機鈴聲，酷玩的主唱用低沉嗓音唱著：「I want something just like this……」本來這可以成爲我美夢的一部分，不過後來他愈唱愈大聲，我就被吵醒了。

睜開眼從窗戶望出去，大約是清晨五、六點的昏暗天色，我咒罵一聲，把頭埋進枕頭，假裝手機根本沒響。

今天是寒假第一天，依照慣例就該睡到日上三竿，那麼又會是誰這麼無恥，一大早打電話過來擾人清夢？即便不看手機的來電顯示，我也知道是誰。

在我的生活裡，膽敢這麼白目的也只有那個人了。

自從聖誕舞會後，更準確來說，是破壞表演服事件過後，我就再也沒出現在舞社，剛好那時也快期末考了，我藉口讀書，消失了將近一個月。上次因選歌的事消失時，很多人找過我，包含袁尚禾，但這次我人間蒸發，幾乎所有人都對我不聞不問，唯一的例外還是袁尚禾。

小丹問過我，明明沒做錯事，爲何要躲？

是呀，我當然清楚自己很無辜，可問題在於其他人並不相信，偏偏我又無法證明自己的清白，只好躲遠，以避免更多衝突，只是有時候我會想，爲什麼清白是需要被證明的？不是有罪才需要證明嗎？

我從來沒想過，原來不被眾人信任會比簡穆宇的嚴厲更令我膽怯，一如我從未想過，讓我眞正起了退社念頭的會是這樣的事，跟舞蹈一點關係都沒有。

手機鈴聲終於停了，我瞄了眼螢幕，果然是袁尚禾打來的。

我不知道哪件事更令人心碎：是一大早就被袁尚禾吵醒，想繼續睡卻睡不著，還是自從那件事之後，簡穆宇從沒找過我。他那天明明說了「表演完再說」，如今離表演結束已經超過一個月，可是他什麼也沒說。

或許他早就和其他人一樣，相信兇手是我了。

不知道爲什麼，我對於這個想法感到異常鬱悶。

「But she said where'd you wanna go? How much you wanna risk? I'm not looking for somebody with some superhuman gifts……」

嘖，手機怎麼又響了？我抱住頭。

平時袁尚禾就算打電話來說垃圾話也不會這麼早，而且如果我沒心情不接電話，他通常就不會再打第二通，今天卻如此反常……該不會有什麼要緊事吧？

我人美心也美，基於擔心，最終還是妥協地按下接聽鍵，「喂？」

不過仔細想想，即使袁尚禾眞有什麼要緊事，跟我又有什麼關係？難道我還能是他的緊急聯絡人嗎？我真是睡傻了，這通電話我根本不該接起來。

「學妹，妳知道今天是什麼日子嗎？」接通後他說，語氣聽起來一點也不緊急。

「什麼『什麼日子』？」我摀住眼，懶洋洋道：「寒假第一天唄。」

「錯了，再猜。」

這人還真是得寸進尺，我翻了個身，「你生日？」

「又錯了，學妹。」他發出嘖嘖聲，似乎很不滿意，「今天是寒訓第一天。」

喔，寒訓。袁尚禾說的應該是舞社的寒訓，但……

「所以呢？我又沒報名。」回答的時候，不知為何覺得胸口悶悶的。

記得聖誕舞會後的某天，袁尚禾特地在選修課上把寒訓的報名表交給我，我只看了一眼，就推開他的手拒絕了，他以為我介意的是報名費，死纏爛打地勸了我一陣子。好吧，三千塊確實需要好好考慮，但實情是，我一想到那天大家注視我的目光，心裡就一陣惡寒。

既然如此，我何苦花三千塊找罪受？沒道理嘛。因此即使他勸了我整整兩節課，我依舊沒答應，最後下課時，他把報名表往我的包包一塞，人就跑了。他腿長，我根本追不上，於是那張報名表現在還在我包包裡。

「我知道妳沒報名。」他的聲音帶著笑意，「所以我幫妳報了。」

「你說什麼？」我像蝦子一樣從床上彈起來。

「嗯嗯，妳沒聽錯，我幫妳報名了，還幫妳墊了那三千塊。」

我扶著額頭，覺得一陣天旋地轉。警察叔叔，可以幫我把這個人抓走嗎？

「勸你趕快去申請退費，」我倒回床上，「就算你這樣威脅我，我也不會去的！」

從去年的經驗看來，寒訓期間可以跟三、四個專精不同舞風的老師上課，不只能學到更多元的舞風，最後一天的小組成果發表還會讓我們在短時間內完成編舞和練習，儘管去年寒訓結束時，我累到發誓再也不參加了，然而實際上這比花錢聽偶像演唱會還値得。

對，我動搖了，但我絕不會承認。

「妳都沒看報名表嗎？上面寫了不能退費的。」袁尚禾這語氣是怎麼回事，爲什麼我覺得他在幸災樂禍？「學妹，要考慮清楚啊，妳現在可是欠了我三千塊，確定要宅在家裡看那三千塊一點一點浪費掉，而不出來動一動？而且我聽說這次寒訓，小澤會回來兼一堂New Jazz喔。」

聽到這裡，我發出一聲怒吼，翻身下床，接著衝進浴室。

「袁尚禾，我一定會把欠你的錢全部換成一塊，然後用來砸死你！」

「唉唷，我好怕喔。」但他的聲音聽起來一點也不，「八點在校門口集合，對了，記得帶盥洗用具和三套衣服。」

「帶那個幹麼？」我不解地停下手邊動作。

去年寒訓就辦在學校裡，雖然爲期三天，不過每天七點一到就放我們回家了。

「帶就對了，乖。」他根本不打算解釋，「好啦不說了，我要去準備了，拜——」

看吧，我就說這通電話不該接的。

於是我不明所以地準備了那些東西，不明所以地和其他社員在校門口集合，不明所以地搭上一台遊覽小巴士，不明所以地在車上補眠，然後一覺醒來，發現自己在深山裡。

很好，我開始懷疑簡穆宇是人口販子了……說好的參加寒訓，把我們拐到山裡做什麼？

下車後，我們進入一個營地，裡面已經搭好幾座帳棚，乍看有點像印地安部落的風格，社員們扛著行李在營地中央集合，接著一個矮小的身影跳出來。

「歡迎大家來到舞社團結大會，我是活動的主持人許泯載。」為了表現出歡快的氣氛，許泯載踩著營地的矮木樁跳上跳下，看起來眞的很像猴子，「在這裡簡單和大家報告一下接下來的行程，今天我們要進行一整天的體能訓練，晚上請大家早點休息，才有精力迎接明天的團結大賽和晚上的營火晚會。至於外聘老師的授課則會在第三天舉行，授課結束後，我們會搭車返回學校。以上，有人有問題嗎？」

好吧，他解釋得很清楚，我卻聽得很模糊。

體能訓練是什麼？團結大賽又是什麼？去年的寒訓根本沒有這兩個項目啊。

礙於所有人都搖頭表示沒問題，我也只好跟上，壓下心底的疑惑。

「很好，那我們先來分配帳棚吧！基本上小帳棚是兩個人睡，大帳棚則是三個人。」

許泯載說，突然露出一抹不懷好意的笑容，「爲了達到團結大會的目的，我們會安排關係比較尷尬的伙伴們睡在一起。」

我垂下頭，深深嘆了一口氣。

從袁尚禾叫我帶衣服時，我就隱隱有預感今年的寒訓不會太一般，但沒想到居然這麼變態。

袁尚禾把行李扔在地上笑了，「唉唷，我們社團裡哪有關係尷尬的人？」

「關係尷不尷尬，由誰來決定？」站在我斜前方的徐思穎舉手問。

「當然是以大家一致認爲尷尬的先配對嘍，你們懂的。」許泯載嘻皮笑臉地回答，眼神在我和徐思穎身上來回打轉。

對，沒錯，我和徐思穎被分配到同一個帳棚了。聽到這消息的當下，全部的人都在笑，只有我和徐思穎完全笑不出來，唯一讓我覺得比較解氣的是，當袁尚禾忙著笑我時，許泯載接著宣布他和簡穆宇睡同個帳棚，我看到他的臉色瞬間刷白。

我對這個方式能改善尷尬關係的說法相當存疑，因爲我和徐思穎從並肩把行李扔進帳棚，到走回營地集合的路上，半句話也沒說，甚至連目光的交會都沒有，不過許泯載說了，來日方長，我也只能拭目以待。

第一天的體能訓練簡直是變相的魔鬼訓練營。

集合完畢，我們被帶往露天訓練場，那裡的設備超級齊全，有攀岩牆、平衡木、爬竿、拳擊沙袋和戰繩，光用看的就讓我全身上下都痠痛起來。按照簡穆宇所說，這些訓練能改善大家的身體協調、平衡感、肌力、爆發力和肌耐力，我聽不太懂他的說法，但經過一個早上的操勞，我比較相信他是想置我們於死地。

另外，我覺得奇妙的是，所有人對我的態度都很正常，我害怕的那種目光並沒有出現，氣氛美好到讓我以爲表演那天發生的不愉快只是一場夢，所以當我體力用盡，在平衡木上晃了好大一下，被簡穆宇扶住時，眼前白花花的，我是眞的以爲自己在作夢。

「站好。」他低沉的聲音像訓斥，又不像訓斥，「不要發呆，專心點。」

我喔了一聲站直，忽略似乎有短暫加速的心跳，繼續前進。

雖然我心裡有個疑問一直很想問他，不過現在顯然不是個適合的時機，我得忍住。

寒訓第一天就在各種爬上爬下、跳上跳下以及打來打去中落幕，其中痛揍拳擊沙袋是我最喜歡的項目。我拖著大概只剩行走功能的軀殼回到帳棚，徐思穎人不在，可行李是敞開的，應該是去洗澡了。

爲了避開洗澡人潮，再加上操練了一天實在很睏，我抱著膝蓋打算小睡一下，卻沒想到我幾乎是一秒就進入深度睡眠，要不是徐思穎回來後，整理行李的聲音太吵，我可能不會醒來，就這樣保持著彆扭的姿勢睡到早上，然後發現自己石化成一尊雕像。

這樣說來，我好像還得感謝徐思穎。

我花了點時間清醒，接著半死不活地爬到我的行李袋旁拿出換洗衣服。

而徐思穎似乎正在做和我一樣的事，她把行李袋裡的衣服抽出來，並一件一件攤開檢查。

默默注視她一陣子，我突然靈光一閃，才驚覺她是在檢查衣服有沒有破損！

也不知道是不是大宇宙意識要我們同時注意到這件事，在我想通的瞬間，她剛好回頭瞪了我一眼，這一眼，瞪得我一把火燒上後腦勺。

「看什麼看？」就算今夜要同帳同寢，我也沒打算跟徐思穎客氣，「給我一百萬試試，看我會不會願意碰妳的衣服。」

她一臉受到侮辱的表情，「姚靜敏，不要以為有簡穆宇幫妳背書，我就會相信妳是無辜的！即便所有人都因此相信妳，我也絕、對、不、信！」

她說什麼？簡穆宇幫我背書？

這麼重要的消息，我之前卻毫不知情，偏偏又不能問她究竟是怎麼回事，無知會削弱我的氣勢。

於是我只好提升攻擊力，轉移話題，「那妳今晚最好別睡覺，我怕我會忍不住把妳安在我頭上的罪名給坐實。」

「瘋女人……妳敢？」很好，我好像快把她嚇哭了。

「既然妳都說我瘋了，我還有什麼不敢的嗎？」我笑了下，抓著幾件衣服離開帳棚。

所以許泯載安排我們同帳到底是爲了什麼？給我們更多機會殺掉彼此嗎？

我想我的判斷不算太偏激，因爲就在我洗好澡回到帳棚，準備就寢時，我和徐思穎又爲了到底要不要關燈而起爭執。

帳棚裡沒有照明設備，除了中間放著的那座捕蚊燈正發出藍色的光，雖然它的作用是捕蚊，但對我來說它就是照明設備，不然我怎麼有辦法待在烏漆抹黑的帳棚裡？

徐思穎卻說要關掉它。

我當然不肯答應，可是也沒有老實說出原因，「關了會有很多蚊子，晚上怎麼睡？」

「有蚊子妳可以擦防蚊液，如果妳沒帶，我可以借妳。」她一臉疲憊，不願多講的表情，「我只要有一點光就會睡不著，所以一定要關掉。」

我翻白眼，擺出一副難搞的樣子，「妳怕光會害妳睡不著覺，可以戴眼罩。」

「我沒帶啊，不然妳借我？」

……好，我認輸。

她有防蚊液而我沒有眼罩，這屬於準備上的硬傷，我只能暫時屈服。

在爭執聲引起其他人的注意前，我先一步溜出帳棚，同時也是爲了趕在她把捕蚊燈關掉前離開。我的計畫是這樣的，先出來晃個幾圈，等她睡熟了，再摸進去把燈打開。

反正稍早在大家洗澡時，我已經小睡過，現在倒沒那麼睏，不過幾乎所有帳棚都一片安靜，可想而知今天的體能訓練有多要人命。

入夜以後氣溫驟降，我開始後悔沒穿外套就出來，穿過兩個營地之間的連接口，我走進沒搭帳棚的那一側，另一邊的營地只有幾棵樹，樹上掛著兩三盞微弱的照明燈，看起來特別空蕩，但也因此讓獨自出現在這裡的身影特別顯眼。

正常人如果半夜在陌生的地方，看到遠處有不明的人形物體正在怪異扭動，照理說應該會拔腿就跑，偏偏和黑暗比起來，我一點都不怕這種事。我瞇起眼，確認遠方的是人後，便朝他走去。

那人正在拉筋。

「簡穆宇，大半夜的幹麼不睡覺？」我把手插進棉褲口袋，一臉跩樣地站在他背後。

他瞥了我一眼，繼續壓腿，「那妳呢？大半夜的幹麼不睡覺？」

「是我先問你的。」好吧，我承認我很幼稚。

「因爲有人會打呼。」他言簡意賅，臉上難得露出極度無奈的表情。

我在心裡偷笑。

袁尚禾趕人出帳棚的招數用得也太高了吧？不像徐思穎還得費心力跟我爭執幾句，他只是進帳棚，然後倒頭睡覺，簡穆宇就自己跑出來了，厲害厲害。

「那妳呢？」他壓完腿站起身，「夢遊？」

我搖搖頭，隨口開了個玩笑：「你傻呀，我當然是出來犯案的。夜深人靜，最適合扭斷人的脖子了。」

簡穆宇向來不苟言笑，我以爲他會叫我不要亂講話，沒想到他卻笑了。

「那妳打算先扭斷誰的脖子？」而且還主動配合我的話題。

感覺挺新鮮的，於是我也跟著笑了，「不瞞你說，我是扭斷我室友的脖子才逃出來的。」

聞言，簡穆宇放聲大笑。

我揉揉眼睛，沒錯，他在大笑，我有生之年居然有機會看到簡穆宇大笑？回去之後是不是該買樂透彩了？我需要注意什麼？

「啊，對了。」我拉回注意力，差點忘了正事，「我有問題要問你。」

簡穆宇對著我挑眉，臉上的笑意還沒完全褪去。

奇怪了，爲什麼他這表情讓我這麼不自在？我是被他嚇怕了嗎？

「剛才聽徐思穎說，表演服的事你幫我背書了？」我有點遲疑地問，徐思穎應該沒有謊報軍情吧？「那是什麼意思？我是指背書。」

簡穆宇反應平淡，「就字面上的意思。」

這人說話要不要再更猜不透一點？

「所以你相信那件事不是我做的？」我直視他的雙眼，不放過任何一絲說謊的可能，「但那天在後台，你明明——」

「我從來不覺得兇手是妳，好嗎？」他似乎很受不了必須解釋得這麼明白，「當時馬上就要上台了，不是找兇手的好時機，因此我才想等表演完再處理。」

我陷入震驚，原來他相信我不是兇手？

「可是表演後……」

「表演後有人就消失了啊。」他說，冷不防用力敲了我的頭，「鴕鳥。」

嘖，很痛欸。

「不消失，我怕控制不住脾氣啊。」我看著自己的拳頭咕噥，幸好他沒聽到。

不過，就這樣嗎？面對我將近一個月的人間蒸發，簡穆宇的怒氣竟然只有這樣？

那我之前是被囚心酸的？

簡穆宇大概是得了閒下來就想跳舞的職業病，趁我在發呆，默默走到幾步外跳舞去了。我聽到他輕輕哼著歌，轉頭看他，眼前所見的畫面確實很有在韓國培訓十年應有的質感：穠纖合度的背影、完美無瑕的舞蹈動作、恰到好處的力道和重拍，有種讓人忍不住盯著看的魔力。

但僅是完美的舞技就能有如此魔力嗎？我望著他，總覺得自己還遺漏了什麼細節……欸，不對，不能這樣盯著他看，不然等會又被他說眼神還是哪裡不對，豈不是徒增煩惱？

我回過神，想想之前的對話裡還有些不明白的地方，便走近他。

「既然你相信我不是兇手，那時幹麼不說？害我白白委屈了一個月。」

他停下動作，「雖然兇手不是妳，但肯定混在我們之中，我不表示意見是怕打草驚蛇。」

我面無表情地瞪著他，「你在說什麼，我怎麼聽不懂？」

簡穆宇用「以妳的智商，我很難跟妳解釋」的表情對我說：「總之，我會找到兇手的，再給我一點時間，一定可以找到證據。」

喔，好像有點懂了。他這話是說，關於兇手是誰，他心底已經有點眉目。

所以到底是誰？

本來還想追問，他卻突然哼起大專盃預賽開場舞的鋼琴曲，這旋律太過熟悉，以至於我的身體不由自主動了起來。該說是我被音樂綁架，還是簡穆宇對我下了降頭？我和他居然就這樣在營地跳起舞，而且默契絕佳，雖然在舞社的寒訓中跳舞是很正常的事，我還是由衷希望此時沒人躲在遠處偷看，因爲大半夜的，這畫面可能有點嚇人。

一曲畢，我按照編舞和簡穆宇對看，不看還好，對上眼後我頓時錯愕了。

除了正式上台那次外，之前每一次練習到這裡，他的表情都不怎麼好看，我一直以爲是因爲我沒跳好，他在生悶氣，可是現在仔細看他的表情也不太好，而且……似乎有點傷心？

「欸，你幹麼？是不是哪裡痛啊？」

簡穆宇站直身體眨了眨眼，表情馬上恢復正常，「妳才哪裡痛，我好的很。」

……這情緒轉變還能再快點嗎？

「你不痛，剛才幹麼那副表情？」

「我那叫投入好嗎？」他送我一個白眼，「就說了妳很空虛，妳不信。」

說完，他不再理我，逕自走到樹下。

什麼我很空虛？他上次明明是說我跳起舞很空虛好嗎？這兩個又不一樣。

我跟著他走到樹下，本來還想因他又數落我而發頓脾氣，手都已經環在胸前預備了，然而見到簡穆宇懶懶蹲在樹下的身影，心裡有種異樣的感覺……驀地發現，他今天一整天都沒衝我發過脾氣，已經是破紀錄了，我又何苦破壞這難得的和平？

於是我調整口氣，「上次你只顧著罵我，也沒把話說清楚，現在可以解釋了吧？」

「解釋什麼？關於妳跳舞很枯燥乏味這件事？」他抬頭看我，那瞬間我理智差點崩解。

對，就是我跳舞空虛、乏味又沒感情這件事……舊事重提非得這麼精準嗎？

見我沒反應，他對我招招手，「解釋可以，不過妳別站在那裡，我脖子痠。」

這人的要求還眞多。

按常理我應該要跟他唱反調，但他今天似乎眞的挺累的，我咬著嘴唇遲疑半天，終究還是慢吞吞地挪到他身邊蹲下，等著聽他能說出什麼偉大的道理。

沒想到，他的話眞的頗有震聾發聵的效果。

簡穆宇說，每首歌、每本書、每部戲劇都有作者想要傳達的故事，舞蹈也一樣。作爲一個專業的舞者，學會在舞蹈中投入感情是很重要的。

「儘管這麼說可能很抽象，」他向我解釋，「但妳要想像舞蹈是有生命的，觀眾才能透過舞蹈感知到妳的喜怒哀樂。」

呃，還眞的滿抽象的，觀眾知道我的喜怒哀樂要做什麼？

簡穆宇接著說：「如果妳想把舞跳好，就不該只在乎技巧，雖然舞技非常重要，可是沒了情感，妳只是一個動作標準的機器人，同一支編舞，誰來跳都一樣。」

他又告訴我，學舞前應該要先做功課：編舞者爲何創造這支舞？對方透過這支舞想表達什麼？

「每一支舞蹈都有自己的創作背景，就像每個人背後的故事都不同，是有情緒的，也許是快樂，也許是憤怒，也有可能是失去摯愛的痛苦。舞蹈就是傳達這些情緒的媒介，讓觀眾能透過舞蹈產生情感共鳴，如果妳做不到這一點，就永遠成爲不了一個成功的舞者。」

好像有點懂了，但又不是非常懂，我眨眨眼，茫然地望著他。

「爲什麼你說的這些，我從來沒聽以前的老師提過？」我從幼稚園就開始學舞，儘管過程斷斷續續，也算碰過不少舞蹈老師，「那些老師只在乎拍子準不準、群舞整不整齊。」

「大環境的影響吧。」他嘆氣，神色變得複雜，「在這裡，藝術通常都只被當成是一門科目，或是一項競賽……人們不在乎創作背後的故事是什麼。」

我轉頭盯著他的側臉，「所以這就是你父母送你去韓國的原因？那兒的環境比較好？」

「大概吧。」他聳肩，「又或者只是因爲他們希望我成爲最頂尖的舞者。」

他這話聽起來沒什麼不對，父母多半望子成龍，他們的心情我可以理解，然而爲什麼簡穆宇說這話的口氣如此落寞？

該問他嗎……

別亂八卦！心裡響起警鐘，於是到了嘴邊的話，又全數被我吞回去。

接著他又說：「總之，聽我的建議，先從角色融入做起，掌握每個動作背後的情緒。」

我卻找不到此時該有的情緒，「你愈說愈抽象了，你知道嗎？」

就算他說的是標準答案好了，但我從小建立的價值觀被一夕推翻，誰來負責收拾我內心的震撼和混亂啊？

「姚靜敏，妳還想不想贏徐思穎了？」他忽然問。

我不假思索，「廢話。」

也不想想因爲那個女人，我現在還被迫在外面遊蕩。

「那就對了，照我說的做，拿出妳最強的抗性去適應。」他說得輕鬆，在我聽來卻只比摘星星簡單一點，「妳一定會碰上陣痛期，而陣痛期會讓妳很想放棄，可妳不能期望不受半點苦痛就能成長啊。會痛的，那才叫青春。」

我皺著眉看他，「前面大部分我都懂，不過最後一句是……天外飛來一筆嗎？」

「那是一本韓國暢銷書的書名，作者想提醒年輕人別過得太安逸。」簡穆宇笑了起來，但現在就連笑容也遮不住他的疲態，我蹲在一旁瞅著他的臉，突然也覺得眼皮頗沉。

「就當作我懂了吧。」我瞌睡兮兮地把頭靠在膝蓋上，「你以後能不能好好講話，別動不動就獅子吼？用講的就好了唄，我真的聽得懂。」

「妳有付錢請我教妳嗎？要求可真多。」腦袋好像又被敲了一下，很痛，可是我不想睜眼。

「欸，好冷喔。」我抱著雙腿，整個人縮起來朝簡穆宇那邊挪，左手不小心勾到他的衣角，「原來你有穿外套啊，分我一點好不好……」

我咕噥著，很自動地把他外套的右襟往自己身上扯，卻死不睜開眼睛。

「姚靜敏，妳有毛病啊？幹麼不回帳棚睡？」

「不要，帳棚好黑。」我說。

好累，以後再也不參加寒訓了啦！

再次睜開眼，已經是早上了。

神奇的事情並沒有發生，比如說不知怎地就回到自己的帳棚或是別人的帳棚……唯一值得一提的是，簡穆宇人不見了，他的外套卻披在我身上。

眼前仍是空蕩的營地，而我蹲著的樹下正遭受陽光猛烈的襲擊。

遠遠地，我瞧見簡穆宇雙手插在口袋裡朝我走來。

「正想著差不多該叫醒妳了。」他似乎已經梳洗完畢，看起來精神抖擻，「醒了還窩在那裡幹麼？這樣曬不熱嗎？」

「熱啊。」我無奈地垂下頭，很不想示弱，「……可是我的腳麻了。」

在忍受了簡穆宇的一番嘲笑後，我藉著他的攙扶站起身，兩條腿又痛又麻，好不容易才恢復知覺，我把外套還他，飛奔回帳棚拿了盥洗用具再衝進廁所，這時候大家幾乎都在集合點吃早餐了，我得快一點。

「人應該集合得差不多了吧？」我踏入集合點時，見到矮子站在眾人前方的一座木台上，「稍早吩咐你們帶的寶物都帶了嗎？」

什麼寶物？我露出黑人問號臉。

正巧袁尚禾就站在斜前方，我上前扯了下他的袖子，「欸，許沢載在說什麼？」

「嗯？沒人通知妳嗎？」他拿著手機，大概是見我一臉不解，又接著補充：「今天的團結大賽要尋寶，每個人都必須把自己最珍愛的東西交出去，隨機由社員替妳藏好，然後要在限制時間內找回。不需要那麼驚嚇，藏東西的地點是有固定範圍的。」

「最珍愛的東西？那你帶了什麼？」我問，而袁尚禾把左手手心攤在我面前，「手機？」

「欸，我不喜歡妳用藐視的眼神看我的手機。」袁尚禾伸出右手食指來回搖晃，像是在澄清什麼，「我這裡面有多少妹子的電話，SNS上又有多少妹子的好友妳知道嗎？多珍貴啊！」

我瞇起眼，爲自己是他SNS上的好友之一感到羞恥。

我和袁尚禾以及其他社員按照規定，將自己的寶物放上營地中心的木台，然後許泯載不知道從哪變出一堆眼罩讓所有人戴著，只有被喊到名字的人才能將眼罩取下，並從木台上挑一個東西藏起來。

藏寶的範圍不大，但也說不上小，僅限於我們所在的營地，不含隔壁空地。

雖然沒有被提前告知，不過既然是「最珍愛的東西」，那麼就算隨身攜帶也不奇怪，例如我的項鍊。

那條項鍊的墜飾是一枚戒指，是國小參加縣級舞蹈比賽得冠軍時爸媽送的，本來和他們約好往後的比賽也要如此過關斬將，可惜的是我自此再也沒得過冠軍。說來慚愧，縣級比賽我之所以得到第一名，似乎是因爲徐思穎有事不能參加那次的比賽。

總之，那枚戒指後來成了我的寶貝，剛收到的那幾年每天都戴在手上，直到長大後，指圍長粗，戴不下了，就改配了條鍊子當成項鍊戴到現在。鍊子經常換，但墜飾一直是那一枚戒指。

輪到我去藏東西的時候，木台上的寶物已經少了大半，而我的項鍊居然還在，儘管很想順從私心把項鍊收起來，可是身爲一個徹底不服輸的人，是不屑違反遊戲規則的，所以我裝作沒看見項鍊，繼續搜尋我感興趣的東西。

在一張光碟、一冊記事本和一個破舊的玩偶下面，壓著一張微微泛黃的照片，我好奇地把照片抽起來查看，回憶瞬間湧進腦子裡。

這不是我幼稚園的班級畢業照嗎？

幾排階梯上站了十幾個小朋友，雖然清一色穿著學士服，他們的表情和姿勢卻相當稚嫩，我一眼就找到我自己，接著找到站在另一頭的徐思穎。

爲什麼這張照片會在這裡？班上除了我，就只有……所以，是徐思穎帶來的？

我覺得自己會發現這張照片是冥冥中注定的事，於是將計就計，把照片藏在木台正下方的雜草叢中，所謂最危險的地方就是最安全的地方，徐思穎想找到大概也不會太容易。

即使我仍然想不透，爲何她會將幼稚園的班級畢業照視爲自己最珍愛的物品。

回想起來，幼稚園不算她戰績最輝煌的時期，而且當時班上的男生很喜歡捉弄她，常常三天兩頭就要聽一次她大哭告狀的聲音，難不成她很懷念那種日子？

「現在所有寶物都已經藏好了。」我聽到許泯載這麼說，便將眼罩取下，「尋找寶物的時間只有兩個小時，期間你們如果遇到困難，可以向藏東西的人求助，前提是，你們打聽出是誰藏了你的寶物。好了，我宣布尋寶開始！」

所有社員一哄而散，開始在營地裡四處搜索，直到這時候，我才驚覺根本不該把項鍊當作尋寶遊戲的寶物，因爲項鍊的體積實在太小了，若是被有心人刻意藏起來，就會很難找到。

早知道就隨便拿個毛巾什麼的來代替，反正也沒人會問背後的故事。

可惜千金難買早知道，我只能展開地毯式搜索，並不停向路過的社員詢問：「你有看到我的項鍊嗎？」

一個小時過去了，搜索完全沒有進展，我甚至不知道是誰藏了我的項鍊，而不少社員已經找到自己的寶物，正窩在集合點休息，其中包括了袁尚禾。

這個王八蛋上繳手機前竟然把響鈴調到最大聲，開始尋寶後，他借來另一支手機不斷撥打自己的號碼，接著循著鈴聲，不到五分鐘就找到了，藏他手機的人也實在太善良了，換作是我就直接關靜音，要不就關機。

「妳關機，我還是有辦法的好嗎？」他惋惜的表情很欠揍，「有些應用程式幫得上忙。」

「你這個作弊鬼！有時間玩手機，不如過來幫我找。」如果不是我覺得自己大難臨頭，也不會想找這傢伙幫忙。

「唉唷，我不想動。」他故意懶懶地賴在原地，還抖著腳，根本是想逼我動手，我忍不住捲起袖子，他馬上跳起來阻止我，「欸欸欸！別衝動啊，雖然我不能幫妳找，但我可以給妳一個有力的線索。」

我暫時把手放下，「你說。」

「妳不知道是誰藏了妳的寶物，對吧？」見我搖頭，他湊近我耳邊，「是徐思穎。」

喔，原來是徐思穎……居然是徐思穎！

我瞪著袁尚禾，「你怎麼知道是徐思穎？」

「偷看到的咩。」他倚著樹幹坐下，眼睛緩緩闔上，好像準備入睡，「我敢說，她一開始就鎖定妳了。」

我只能感嘆，如果我和徐思穎不是從小到大的死對頭，也許、可能、大約、或許會成爲好閨密，連藏對方寶物這種事都如此有默契。但現在看來，我們不僅不是好閨密，還是實打實的仇家，我相信她會費盡心思把我的項鍊藏在山窮水盡之處，只爲了把我氣死和累死。

本來我是絕對不可能扔掉尊嚴去拜託她任何事的，可如今事關我的項鍊，我陷入有史以來最兩難的掙扎中。儘管不想那麼快妥協，然而距離尋寶結束僅剩四十分鐘，即便這只是個遊戲，我也不想在我的生命裡再添上任何敗績。

不能，也不想。

於是我開始四處搜尋徐思穎的身影，在我繞過第二座三人大帳後，正好看見徐思穎站在矮木樁上望著帳棚屋頂。巧合的是，簡穆宇也在附近的草叢翻找，不知道爲什麼，他的存在讓我有點在意。

我想開口喊徐思穎，又怕會嚇到她，害她從木樁跌下。那些高矮參差的木樁每支都窄得只能容一隻腳站立，且隨便晃一下都有可能失去平衡，我雖然視她爲死敵，卻也不會害她。

一個不服輸的人，絕對更喜歡公平競爭。

我打算直接走近讓她發現我，但就在這麼做之前，徐思穎已經先站不穩了，眼看她就要從木樁跌下，即使我馬上衝過去也還有十幾步遠，根本救不了她，簡穆宇忽然轉過頭，很帥地一個箭步出去，接住了徐思穎。

我很堅持用「很帥」這個形容詞，因爲他的動作行雲流水，絲毫沒有多餘，也多虧如此，徐思穎才沒有毀容或被迫終結跳舞生涯，只不過他們兩個現在的姿勢有點怪，基本上就是徐思穎正面撲在簡穆宇肩上，而簡穆宇環住她的腰。

我對這個畫面感到非常不舒服，甚至到了想要轉身走掉的程度。

還來不及踏出腳步，他們兩個就發現了我的存在，簡穆宇把徐思穎放下，而她一張臉瞬間比番茄還紅，兩個人都看著我，難得有一次徐思穎見到我不是先翻白眼，而是傻在那裡。

不行，這氛圍太尷尬了，拜託誰快點說點什麼。

「那個……妳把我的項鍊藏到哪去了？」最後還是我忍不住先開口。

徐思穎花了點時間找回自己高傲的表情，「妳怎麼知道是我？」

「有人告訴我的。」我說。

聽到這話，徐思穎的第一個反應是轉頭看向簡穆宇，後者滿不在乎地聳肩道：「我什麼都沒說。」

奇怪，爲什麼簡穆宇會知道她藏了我的寶物？難道他也偷看到了？

「總之，妳到底要不要告訴我東西在哪？」我雙手抱胸，不耐煩地說，卻不太確定自己究竟是急著找回項鍊，還是純粹想趕快離開這裡。

「我爲什麼要告訴妳？」徐思穎握有我的把柄，此時特別得意，「這樣遊戲就不好玩了。」

我早就知道對象如果是徐思穎，事情就不會這麼容易。

但仔細想想，她不也還沒找到寶物嗎？或許我可以和她談談條件。

於是我冷靜下來，「難道妳不想知道妳的寶物藏在哪嗎？」

徐思穎錯愕片刻，隨即又笑起來，「我根本不在乎東西藏在哪，因爲所謂的寶物，只是我拿來塘塞大會的隨身物品罷了，不見也無所謂。」

我瞪著她，心底的怒氣簡直星火燎原了。

很好，是我失策。難怪我怎麼也想不通，徐思穎爲何會拿幼稚園的畢業照當作寶物，現在答案揭曉，一切變得合理多了。

因爲她根本不把畢業照視爲寶物。

見我失神，徐思穎更顯得意，「妳以爲我會像妳一樣笨，拿父母送的珍貴禮物來玩遊戲？而且還有可能是妳這輩子，唯一一個因爲冠軍而得到的禮物。」

我感覺自己血液裡的每一個打鬥因子都在蠢蠢欲動，甚至已經在腦子裡，將我把徐思穎過肩摔再補踢出去的畫面演習不下五次。

只是不知道爲什麼，簡穆宇的存在讓我無法把想法付諸行動。

僵持之際，我聽見許泯載在遠處大喊「倒數半個小時」，深知不能再浪費時間了，於是轉頭就跑，也不管這樣會不會讓我看起來像隻喪家犬，因爲對於此刻的我來說，項鍊更重要。

然而，直到遊戲的最後我還是沒有找到它。

雖然遊戲結束後，徐思穎依照大會規定向我揭曉她藏寶的地方，但當我按照她說的話，挖開某棵樹下的土堆時，大量的泥土卡進我的指甲縫裡，而土堆裡什麼也沒有。

在這過程中，木台下草叢堆裡的畢業照不知何時也已經被人拿走了。

我居然在這遊戲中徹底落敗，還弄丟了對我而言意義非凡的東西。

瞬間，自厭的情緒充滿了我。

所以接下來的團康遊戲、晚飯，甚至是營火晚會，我全都放棄參與，一心只想趕快把項鍊找回來，我徘徊在徐思穎說的那棵樹附近，想著是不是一開始挖的地方不對，便繞著樹把土翻了一整圈。

夜色漸漸深沉，我挖著土也不覺得冷，更沒發現有人來到我身後。

直到他開口：「姚靜敏，別挖了。」

我回過頭，簡穆宇一臉無奈地站在一旁注視我，好像我是個爲了玩土而不吃飯的壞小孩。

「項鍊不見了，我一定要找回來。」我只是這麼回答，然後低頭繼續手上的動作。

「妳的項鍊根本不在那裡。」接著他說。

我感覺心臟像是被誰捏住了一樣。

「你怎麼知道不在這裡？」

「因爲，」他向我平舉起右手，一枚戒指從他掌心懸掛而下，在空中左右晃動，「妳的項鍊一直都在我這兒。」

我倏地起身，照理說應該朝他撲過去，糗的是，我的腳又麻了，只能站在原地看他。

簡穆宇說，徐思穎從一開始就把我的項鍊藏在他身上，理由是：覺得我和簡穆宇不對盤，應該不可能想到東西在他身上，就算想到，也不可能去找他要。

如此牽強的理由，我也是第一次聽說，先不管把東西藏在人身上究竟合不合規矩，但她爲何要騙我她把項鍊埋在土堆裡？而簡穆宇又爲何沒在遊戲結束後立刻把項鍊還我，害我挖了一個晚上的土？

「她說她會告訴妳項鍊在我身上，叫妳自己來找我拿。」簡穆宇垂下手臂，「後來我一直在忙營火晚會的事，沒有想到她根本沒告訴妳，妳和她……梁子眞的結挺深的？」

我不說話，只覺得荒謬至極，徐思穎用這種方式整我，又何止是梁子深不深的問題？但幸好項鍊還在，沒有不見。因爲這點，我沒有想像中生氣。

後來雙腳恢復知覺，我走近簡穆宇並向他伸出手，想拿回我的項鍊，可一攤開掌心，上頭全是泥土，看起來挺有礙觀瞻的，簡穆宇和我一起盯著我的掌心看，然後嘆了口氣。

人生有些事是在預料之中，但絕對不包括接下來發生的事。

簡穆宇默默解開項鍊扣環，在我說出任何一個字之前，雙手已經繞過我的脖子。

那些沒想過會發生的事，比如說：有一天，簡穆宇居然會幫我戴項鍊。

這瞬間對我來說實在太不眞實，而最要命的是，我完全控制不住自己的心跳。

「妳知道嗎？」他試圖就著月光，替我扣上項鍊時，還不忘在我耳邊低聲道：「妳沒來參加營火晚會，錯過了好多東西。」

我盡力穩住顫抖的聲音，「什、什麼東西？」

「例如，」他終於扣上項鍊，然後收回手，笑得頗慵懶，「我的表演。」

我覺得挺糟糕的。

我說不上來是哪裡糟糕，但就在這一刻，我感覺有什麼事情正在發生。

而那樣的事情，很糟糕很糟糕。

第六章　要跳舞就別給我思春

寒訓結束後，爲了盡早把那三千塊還給袁尙禾，我和老金說我想多上點班，老金自然求之不得，因爲寒假招生爆滿，正是忙的時候，此時我的工作就顯得特別重要。當然，賺錢只是表面目的，事實上，我還有一層私心。

「昨天收的那批新生資料記得幫我建檔，」老金趁著兩堂課中間的空檔跑出來督促我，「還有三月的課表差不多可以開始排了。」

他說的話，我聽是聽見了，卻沒給出任何反應，我目不轉睛地盯著教室裡的某個人影。

老金一掌巴在我後腦上，「我在說話，妳有沒有聽到？」

我不甘願地收回目光，揉揉後腦，「有啦。」

「妳那麼認眞是在看什麼？」他順著我的視線望進大教室，「簡穆宇？妳在看他？」

嘖，死老金，就非得追根究柢嗎？我不說話，低頭整理起新生資料。

老金默默打量簡穆宇一陣子，突然道：「妳這樣有事沒事盯著人家看，該不會——」

他的尾音一拉長，我就忽然不會打字了，一顆心像被人提到喉嚨一樣呼吸困難。有這麼明顯嗎？難道我看向簡穆宇的眼神，不自覺流露出花痴了嗎？

「該不會——妳也想上他的課?」老金這才把話說完。

瞬間，我的雙手恢復打字，心跳也平靜下來，剛才的慌亂像是沒發生過，我談笑風生。

我果然還是高估了老金的智商。

「想上啊，當然。」我隨口敷衍他，「不過繳學費前，得先把債還了。」

「妳有員工優惠啊，怕什麼?」老金抹了把汗，準備去上下一堂課，「但是妳太晚講了，寒假他的課每一班都爆滿，現在要報大概沒位子。」

我當然知道沒位子，我也只是說說而已。

注視著簡穆宇教課的背影，想起在學校被他各種欺負的事跡，我怎麼可能會傻到再花一、兩千塊去上他的課呢?我自虐嗎我?

好吧，某種程度上來說，我好像眞的滿自虐的。

這一切必須從寒訓的第二個晚上說起。

那天我挖了滿指甲縫的泥土，搞得簡穆宇不知道是自願還是勉強幫我戴上項鍊後，我們沒有多餘的交談就分開了，主要是也不知道還能說些什麼，他自然是回帳棚聽袁尚禾的打呼聲，我就沒那麼有種了，不敢摸黑回我和徐思穎共用的小帳棚。

我把手和臉洗乾淨，偷偷爬進還有燈光的，段淳雅所在的三人大帳，這個時候段淳雅才剛睡著沒多久就被我吵醒，起床氣可嚴重了。

「姚靜敏，妳知道我今天有多累嗎？」她用手遮住捕蚊燈的光源，眼睛瞇成細縫，嗓子沙啞，「妳就不能消停些，讓我好好休息？」

「學姊，我和徐思穎的帳棚眞的很黑，我不敢回去。」我窩在她身邊，還硬是分了她棉被的一角，「整個營地就妳們這裡最亮……再說，總不能叫我去擠男生的帳棚吧？」

她無奈地翻了個身，「事到如今，我還眞的有點想叫妳去。」

我只好賠笑臉，「抱歉吵到妳了，快睡吧。」

她不再吭聲，試著重新入睡，而我窩在半條棉被裡偷笑，直到思緒飄往別處。

「學姊，」我瞪著帳棚棚頂，突然開口：「睡著了？」

「還沒，」段淳雅沒好氣道，雙眼緊閉，「幹麼？」

我想她大概沒碰過比我更沒大沒小的後輩，半夜跑來擠床位就算了，還吵得她無法入睡。

「我有個問題不知道該問誰才好，可是不問我又睡不著。」我說。

其實我可以問小丹，然而山裡的訊號實在太差，我傳了好幾次訊息都沒傳出去。

段淳雅嘆了口氣，大約是秉持著活佛慈悲的心腸回應：「什麼問題？」

「如果……看到一男一女在自己面前擁抱，心裡卻感到厭惡，這是爲什麼？」我閉上眼，下午撞見的那一幕在我腦海鮮活重現。

「呃，要不是這一男一女裡面有妳討厭的人，就是有妳喜歡的人唄。」她翻身扯扯棉被，又打了個呵欠，「當然，也有可能以上皆是，這就比較悲劇了，妳喜歡的人抱著妳討厭的人，這感覺根本生不如死。」

聽完她的話，我陷入一陣苦思。

下午撞見那一幕時，雖然不至於到生不如死，但當下的確難受得要命。

我討厭徐思穎，這絕對無庸置疑，可對於簡穆宇……

「學姊。」

「又怎麼了？」

「如果一個異性動不動就能讓妳心跳加速，這是不是代表妳不討厭他？」

「動不動就心跳加速？」段淳雅沉默了幾秒，「妳要不要先檢查心臟有沒有問題？」

我翻了個白眼，「學姊，我是認真在問妳。」

「我也是認真在回答妳好嗎？」她一臉無奈，好像我是她見過智商最低的生物，「拜託，姚靜敏妳是在跟我開玩笑嗎？妳有沒有喜歡上對方，自己居然不知道？」

喔，所以我應該要知道嗎？

我不解地眨著眼，「但我剛才問的是『不討厭』吧？就算不討厭一個人，也不代表就是喜歡啊。」

段淳雅大概是被我煩過頭，乾脆坐起身，「好，那照妳說的，假設妳不討厭也不喜歡他，代表對方在妳眼裡只是一個普通朋友，那妳心跳加速個屁啊？這樣還不去檢查心臟？」

欸？有道理耶，段淳雅的一番話完全突破盲點。

感覺就像有人在伸手不見五指的房間裡開了燈一樣，視野瞬間澄明。

我不由得心生佩服，「學姊，妳思考邏輯這麼縝密，妳媽知道嗎？」

她扁著嘴瞪我，「那妳腦袋這麼不靈光，妳媽知道嗎？」

我笑了起來，把棉被對齊下巴蓋好，心底的舒暢無法言喻。

問段淳雅果然是對的，學姊的經驗就是比較老道，這問題要是問小丹，只怕會愈問愈糊塗。

「沒問題了吧？」段淳雅再度躺下，第三度嘗試入睡，「問完我可要睡了。」

我乖巧地閉上眼，「學姊晚安。」

然後她就再沒有動靜。

我雖然道了晚安，也閉了眼，但腦中的思緒依然特別奔騰，絲毫沒有要讓我睡覺的意思，在眾多雜亂無章飛過腦海的人事物裡，簡穆宇占了最大的比例。

按照我原先的猜想，結合段淳雅的分析，我想……我是喜歡上簡穆宇了沒錯。

我能理解「喜歡」這種事總是來得比較突然，而且沒什麼道理可言，畢竟偶像劇都是這麼演的，以前國、高中時，班上早戀的同學也是如此抱怨，所以對於自己突然喜歡上某某某這件事，我還算能坦然接受。

我不能接受的是，我這什麼破品味啊？怎麼誰不喜歡，偏偏喜歡上寃家似的簡穆宇？簡單來說，我的自虐傾向已經超越人類的理解範圍了。

而另一個比較大的問題是，現在我該如何讓簡穆宇也喜歡上我？

幾天後，當我和小丹聊到這件事，她居然滿臉崇拜地看著我，「靜敏，妳眞的太帥了。」

這會兒寒假才剛過一半，我和她約在市區的一間泡沫紅茶店。

我皺眉道：「帥什麼？」

「我發現妳的思考路徑好直接，『確認』後，接著就準備『執行』，一點猶豫都沒有，太厲害了！」小丹臉上充滿「偶像我愛妳」的光芒，要不是我瞪著她，她恐怕要起身爲我鼓掌了。

「黃小丹，妳剛從哲學冬令營回來？」我攪動沉澱的綠茶，「能說點人話嗎？」

「唉唷，我的意思是，當妳確認自己喜歡上妳們社長之後，下一個思考的就是『要怎樣讓他也喜歡上妳』，這不是很酷嗎？」她注視我的眼睛閃閃發亮，我想發現新大陸的哥倫布可能也不過如此，「一般女生通常會先煩惱一堆事，例如：對方有沒有女朋友、有沒有喜歡的人、會不會很難追、家裡是不是很有錢之類的，妳卻想都不想。靜敏，妳眞是時代新女性的模範！」

喔，是喔。我沉默幾秒，頗有些不以爲然，恕我神經大條，還眞沒想過那些。

我唯一想到的是，必須盡快增加我和簡穆宇接觸的機會，一方面刷個存在感，另一方面我也能藉此搞清楚：究竟眞的是我的品味不靠譜，或是我還不夠了解他？

這就是我上班的另一層私心。

而簡穆宇果然不負我的期望，只是在教室教個課，那面無表情的臉都能撩得我不要不要的，間接證明了兩件事：一是簡穆宇除了比較嚴格外，其實還挺有魅力的；二是人一旦戀愛，智商什麼的數值就直線下降，眼裡只剩下對方的優點。

我只知道自己愈是想辦法與他接觸，就愈對他有好感，卻不知道自己到底有沒有成功刷到存在感，因爲他對我的態度依舊不冷不熱，每次下了課都是招呼一聲後就離開，偶爾我想多聊個兩句話都沒辦法。時間就這樣在我看得到簡穆宇，卻吃不到他的狀態下迅速流逝，轉眼就要開學了。

開學前一週，我接到某個煩人傢伙的電話，問我還記不記得自己欠他什麼。

「我哪有欠你什麼，」難得休假卻被打擾，我特別不悅，「錢早就還你了！」

更正確地說，是發薪水那一天就馬上還了。

「我有說是錢嗎？」袁尚禾的聲音滿是笑意，「妳還欠我一頓飯，忘了？」

喔，不是錢啊，那我就放心了。

只是我何時欠他一頓飯了？我舉著手機在床上苦苦思索。

好吧，好像真有過這件事。某個下大雨的日子、一把漆黑的傘、學校側門附近的韓式料理店，還有一句「學長，下次換我請你吃飯」……嗯，回憶下載完畢。

有債當還直須還，既然有過承諾我就不會逃避。

「好像有。」於是我主動開口邀約，「那你想約什麼時候？要吃什麼？」

「擇日不如撞日，就今天吧，我已經打聽過妳今天不用上班了。」袁尚禾的心情似乎頗愉悅，「我想吃從學校側門出來，只隔一條馬路的那間美式餐廳，有手工麵包吃到飽的那個。」

他說的那間餐廳在學校挺受歡迎的，不過去的大部分都是女孩子，他一個大男生怎麼會有如此女性化的餐廳選擇？

我忍不住嘆氣，看來袁尚禾為了把妹，連喜好也被潛移默化了。

和他約好時間，我掛斷電話後，才又想起另一件更重要的事。

這傢伙到底是從哪打聽到我今天不用上班的？

因為放寒假的關係，學校附近沒什麼人，一向大排長龍的美式餐廳也很幸運地不用排隊就能進去，我和袁尚禾被安排在落地窗邊的雙人座，窗外景致不錯，有一整片的……呃，學生宿舍。

「你怎麼會知道我今天休假？」一落座，我劈頭就問。

隱私外洩是件嚴重的事，我想我必須查清楚消息的來源才好辦事。

目前推測唯一的可能是簡穆宇，因爲只有他知道我上班的地點和班表，同時又認識袁尚禾，而且依照他直來直往的個性，大概也不覺得把我的班表告訴袁尚禾有什麼不對。

不過，袁尚禾是怎麼知道我在那間舞蹈教室上班，又和簡穆宇是同事的呢？

「好啦，妳別猜得那麼痛苦了，」大概是見我表情扭曲，他連忙阻止我繼續苦惱，「是上星期我逛夜市，碰到妳朋友的時候順便問的。」

「我朋友？」

「對呀，就是經常跟妳黏在一起的那個，她長得很可愛，有點像米妮，在夜市賣糖果。」

所以他在夜市碰見小丹時，趁機打探了我的班表，這聽起來還滿合理的，可是以我對小丹的了解，她不是口風這麼鬆的人……其中肯定有詐！

我狐疑地瞪著袁尚禾，「你是怎麼跟她說的？她爲什麼會把我的休假時間告訴你？」

「喔，我就跟她說，舞社要在開學前安排迎新，因爲要招待新生，是重要活動，預備幹部一定要出席。」他形容得眉飛色舞，煞有其事，「她一聽是舞社的事，又聽說我聯絡不上妳，就什麼都告訴我了，包括妳和簡穆宇是同事的事情也說了。」

我嘆氣，懊惱地扶住額角。

我說這黃小丹，是該誇她機靈，還是要罵她愚蠢？

舞社的事情對我來說確實很重要，可她怎麼就沒想到現在是寒假啊！哪來的新生可以招待？

不過席間看到袁尚禾幫忙張羅餐具和飲料，我突然又覺得好像也沒啥損失，雖然扁的是我的荷包，但那是待會的事，我和他沉默地等待上菜，然後瞥見他外套側邊的口袋露出了一截東西。

看起來像是手冊之類的。

「那是什麼？」我瞅著那露出的半截紙，頂端有些藍紫色的線條。

「這個？」他順著我的目光，把口袋裡的東西掏出來，「機捷的導覽手冊。」

我接過來翻看，隨口問道：「怎麼會把這個帶在身上？你今天去機場了？」

「對呀。」他微笑，眼下是厚厚的臥蠶，「去送機。」

可是爲什麼我總覺得他的笑有點勉強？

注意到他臉上微不可察的一絲落寞，我像是突然接收到大宇宙意識給我的靈感。

「學長，」我也不清楚原因，但就是有股直覺，「你該不會是去送天仙學姊吧？」

袁尚禾看著我發愣，而且還愣了好幾秒。

他的反應一向很快，此時發呆的模樣難得一見。

「學妹，沒想到妳的消息這麼靈通。」他恢復笑臉，把手上的麵包撕成兩半，把一半遞給我，「我以爲這件事沒多少人知道。」

「我的確不知道，只是猜的，」我聳聳肩，開始抹醬，「沒想到是眞的。」

原來，今天是學姊搭飛機出國留學的日子。

袁尙禾說，學姊遵從家裡人的期望，休學飛去維也納學音樂，短期內不會回來。起初她也邀過他同行，但他拒絕了。

「我覺得我不是那種愛相隨的性格，」他向我解釋，「說實話，我不確定自己有沒有愛她到那個程度，愛到願意爲她拋棄現有的生活，去適應一個全新的環境。」

我低頭攪拌剛送上來的蔬菜濃湯，「所以這才是你們分手的眞正原因？」

不是劈腿，也不是性格問題，只是因爲「遠距離」，這和我猜想過的都不一樣。

「只能說是其中一個比較大的原因。」袁尙禾臉上的苦笑連我看了都覺得尷尬，「說來話長，在一起久了本來就會出現一堆問題。」

我沉默不語，希望他能體諒我無法對這點產生什麼共鳴，畢竟我沒有經驗。

「好吧，不說我了，說說妳自己吧。」

「我？」對於話題忽然落到身上，我有些心驚，「我怎麼樣？」

「心態調整好了沒？」袁尙禾問，把自己的那份牛排切下一塊放進我盤裡，「前陣子不是有人在鬧脾氣，說找不到跳舞的意義，不想跳了？」

我一叉子戳進那塊剛煎好的牛排，然後搖頭。

其實我沒有不想跳，我只是氣餒，因爲……

「我想過很多次了，都沒想出答案。」這些話向袁尚禾傾訴應該沒問題吧？「我確實是爲了超越徐思穎才學舞的，那就是我的初衷，所以要我講個冠冕堂皇的理由來解釋自己爲何跳舞，我眞的做不到。」

儘管我常常遇到難題就逃避，但也不是自欺欺人的性格。

「妳就算有個冠冕堂皇的說法，又要說給誰聽？」袁尚禾邊咀嚼邊瞪了我一眼，「妳要說服的又不是簡穆宇，更不是我，也不是其他人，妳要說服的是妳自己！」

這話擲地有聲，照理說我應該要醍醐灌頂，可是我的心底仍茫茫然。

見我沉默，他像是好笑，又似無奈，「我眞好奇，妳就這點智商是怎麼活到今天的？」

「喂喂喂，不要人身攻擊。」

「這樣好了，我問妳一個問題，妳要認眞回答……如果從今天開始，妳的生活裡再也沒有徐思穎，妳還會不會繼續跳舞？」

從今天開始沒有徐思穎？我被這假設弄得一頭霧水。

「徐思穎在我生命中已經存在快二十年，怎麼會突然沒有？」我不解地看著他，「你這問句太荒謬了吧？」

「我問過我自己，如果從今往後舞社裡再也沒有妹子，那我會不會繼續跳舞？」可能是爲了讓我理解，袁尚禾先將自己代入，雖然舞社裡有沒有妹子，跟我的生活裡有沒有徐思穎，這完全是兩個等級的事，「答案是：會。爲什麼？很簡單，因爲我喜歡跳舞。」

「你喜歡跳舞？」我嗆到，一口氣差點緩不過來，「你？」

「懷疑啊？」他說這話的時候，我感覺到生命危險，反射性向後一躲，閃過他準備彈向我額頭的指尖，「我加入舞社是爲了把妹沒錯，可是那只能算是一個動機，難道我不能在加入舞社後，找到跳舞的樂趣，發現自己很喜歡跳舞嗎？」

很好，這道理雖然聽起來很歪，但我確實有種靈光一閃的感覺。

順著袁尚禾的邏輯，我好像也明白了我自己。

如果我的生活裡，從今以後再也沒有徐思穎，我會不會繼續跳舞？

我們心自問，而答案是肯定的。

難道我不能在爲了超越徐思穎而學舞以後，發現自己其實挺喜歡跳舞的嗎？

答案依舊是肯定的。

我想，如果不是因爲喜歡跳舞，我不可能輸了徐思穎十幾年後，到現在還沒放棄，縱使我再不服輸，可人的情緒負荷總會有上限，假如沒有足夠的動力，我不可能撐到今天，而那個動力，我相信是來自於跳舞時的快樂和成就感。

想通這點後，我豁然開朗。

一頓飯吃完，我和袁尚禾站在排隊結帳的隊伍裡，我感激地看著他。

「學長，你的垃圾話今天對我有所貢獻，這頓飯算沒有白請你。」不然我會替那些飯錢感到好浪費、好可惜。

他挑眉，笑著打趣道：「照妳這說法，恐怕請我一頓飯仍還不清這人情，我可是幫妳想通了妳的人生大事，這是無價的。」

「喂喂喂，不帶你這樣坐地起價的。」說著說著，我和他已經來到櫃台前，我拿出皮夾。

「那好吧，」袁尚禾卻搶在我前面，把信用卡塞到店員手裡，「我只好再多請妳幾餐，直到妳欠我的餐費和這份人情等值為止，妳可要認眞想想該怎麼還我啊。」

待我發現有詐，想搶回信用卡時早已來不及了，晶片卡過刷很快，轉眼就結完帳，我只能抓著店員遞過來的發票，無言地跟在袁尚禾身後走出店門。

難得休假，卻被迫出門和這傢伙吃飯，本來是想著出來還債也就算了，但現在連還債的目的都沒有達成，要不是他的三寸不爛之舌還有點貢獻，我就要白白出門一趟了。

我特別無奈、特別想揍人，「學長，我覺得你這樣很缺德。」

「會嗎?」他把信用卡收進皮夾，再把皮夾放回口袋，「我倒覺得我挺紳士的。」

「我會請回來的，」我咬牙切齒、忿忿不平地瞪著他，「哪天你又想吃飯了，請隨時找我。記得，千萬不要帶錢包，人來就好。」

袁尚禾聽完我的話仰頭大笑，「學妹，要是妳欠我的餐費和人情累積到一定值，要不要考慮跟我在一起啊?交往的話，這些都可以一筆勾銷喔。」

然而不管他再怎麼笑，都掩飾不了言談間的落寞。

我沒打算理會他的提議，只是憐憫地看著他，「我是覺得你要不要先考慮自己啊？」

「嗯？」他一臉不解，「考慮什麼？」

「考慮要不要買去維也納的機票之類的。」

♪

開學第一週，也就是我大二下的第一週，除了忙著選課外，我的精力都放在舞社了。

差不多要開始準備大專盃決賽的舞碼了，而在第一週的社課上，簡穆宇帶著小夏一起向社員展示他們事先準備好的參賽編舞。表演一共分成四段：開場是中快板的西洋流行音樂搭配感情磅礡的現代舞，中場則各有一段快節奏的男舞和女舞，最後則是所有社員合體的共舞。

不過，僅僅只是在展示階段，這組編舞就已經在某種程度上嚇到大家了。

我個人感受最深的是簡穆宇開場跳的現代舞。這一次的難度比起預賽時，直線向上提升了三百個百分點，不僅在快節奏的音樂下，動作編排得更密集、更瑣碎，還因爲大量增加旋轉和跳躍的動作，對身體素質的要求也跟著提高。

簡穆宇最擅長，也最喜歡的舞風似乎就是現代了，由他親自演繹的編舞，光看就能引起一陣雞皮疙瘩，不過我不知道是大家都這麼想，還是只有我自己在犯花痴。

至於小夏的New Jazz雖然不及小澤，編舞也很令人耳目一新，尤其是同一段表演中融合各種舞風這一塊她做得很好，在共舞的部分更是特別利於刀群舞的發揮。整體來說，如果我們的表現能達到預期，要奪冠絕對不是難事。

「開場舞一樣是一男一女，」簡穆宇宣布，我感覺心底一陣躁動，「男、女舞這次就各自派主將出來吧，編舞影片晚一點我會傳給大家，一週後的社課上會進行評選。」

評選？底下社員們一陣譁然。

徐思穎的手舉了起來，「評選的話……是由誰來決定好壞？」

「由你們決定。想爭取開場舞位子的人，請在這一週抽空把編舞練好，下週的評選麻煩大家摸著良心，選出眞正適合的人。我只有一個重點要提醒大家，」簡穆宇的語氣突然變得極爲愼重，「開場部分的兩名舞者務必要做到所有動作完全同步，就算只差半拍也不行，除了對節拍的掌握度要夠，也必須是有默契的人選組合。」

「我們能不能不練啊？」袁尙禾忽然出聲，眼帶笑意，「整個男舞沒人比你更適合了，這舞還是你編的呢，再說，我們長年不關注柔軟度，硬體上先天不足，肯定應付不來。」

言下之意，他們想直接派簡穆宇出戰。

簡穆宇似乎也不想勉強男舞的人，便點頭道：「你們沒意見的話，就我來吧。」

關於誰出戰開場舞，男舞可以決定得如此和平，女舞卻不一定，尤其是當我看見徐思穎志在必得的眼神後，心裡立刻燃起一股強烈的勝負欲。

既然共舞的對象已經確定是簡穆宇，那我更不能放過這次機會，非爭取到不可。只是徐思穎有她在現代舞上的先天優勢和背景，儘管我前陣子受過簡穆宇的魔鬼式調教，也不見得就能贏她，想到這，我嚴重焦慮起來。

因為內心嚴重不安，我開始進行有史以來最密集的練習，平日上課只要一有空堂，不管時間長短，我都會去舞蹈教室報到，放學後也推掉小丹的約，直接殺進教室練舞。這種時候就特別慶幸我有一份好工作、一個好老闆，老金知道我在備戰，二話不說便把教室借給我。

這次的評選可以說是宣布預備幹部人選後，我和徐思穎的第一次正面交鋒，我血液裡每一個不服輸的細胞都在催促我練習，而我也順利在兩天內把編舞記了九成。

跟上次一樣，記熟動作不是大問題，然而對於如何實現簡穆宇說的「融入角色」，我一點方向也沒有，為此我十分苦惱。

過去，跳舞對我來說只是一項技能，沒有所謂的角色問題，如今一下子要我投入角色情感，我完全摸不著頭緒，除了覺得編舞有點悲傷外，我沒有任何感想，唯一想到的就是練習再練習。第一次挑戰現代舞時，我因為心態不正確，被簡穆宇臭罵了一頓，而這次我希望至少在態度和舞技上，做到讓他沒有話說。

很快地，時間來到星期六。

過往的星期六我會睡到中午，吃完飯再上網漫遊一下，然後才出門上班，但今天我強迫自己在早上九點起床，只爲了提早進教室練習，老金看不慣我的勤勞，說我這明明是「操勞」，念了我一早上。

我沒理他，悶頭在小教室一路練到下午四點，接著開始上班，晚上八點打卡下班後，又回到小教室繼續這不太人道的修練。可是才練到第三遍，大腿和膝蓋就開始顫抖，我這才想起埋頭苦練了一整天，我忘記吃飯了！現在血糖過低，全身的肌肉都在向我抗議，只要用點力就會顫抖不止。

按理說我應該先去吃點東西，但是因爲早上練習的時數太長，老金說教室只能借我到晚上十點，要我早點回家休息，現在距離十點只剩一個多小時，我不想浪費時間出去吃飯。

於是我就眞的沒有出去吃飯。

我的確不服輸，也很固執，經常折磨自己，只爲了完成某些目標。然而有時候，來自生心理的抗議是沒辦法忽視的，就像難過得承受不住時，眼淚會自己掉下，就像疲勞得承受不住時，身體會自己倒下……這些都是沒辦法控制的。

而我差一點就倒下了。

忘記是第幾個轉圈、第幾次跳躍，只記得音樂來到一個頓點，我眼前突然一片黑，腳完全使不上力，整個人癱軟並直直跪了下去，像一組斷了線的木偶。

事後回想起來，這根本是自殺行為。當時我若真的毫無防備地跪下，膝蓋不曉得會受到多大的衝擊，如果不慎受傷，未來不知道還能不能繼續跳舞，幸好，一雙手接住了我。

一片黑暗中，我感覺有人同時扶住我的右臂和腰，並用身體的力量撐住我，我才沒有真的跪下。腳底踉蹌幾步，我花了點時間恢復視力，然後透過鏡子瞧見扶住我的人。

這個時間點，我以為會是老金，然而卻是簡穆宇在鏡中與我對望。

我們維持著這個姿勢，而我像是被下了定身咒一樣，動也不敢動，但有些事情總會脫離我的掌控，比如說我的心臟正以高速跳個不停，像是在胸腔待膩了，隨時準備破門而出，還有我因低血糖而無力的四肢，在被簡穆宇扶住後，又開始拚命顫抖。

「妳為什麼一直抖？」不知道他是不是因為這樣才沒有放開我，說話時左手仍扶在我的腰上，「妳是不是沒吃飯？」

簡穆宇不愧是為了跳舞把人體構造和各種機能現象都研究透徹的人，感受到我的不對勁之後，居然在第一時間就精準判斷出我發抖是因為沒吃飯，而不是因為冷。

「太忙，就忘了。」我說，同時為了心臟著想，默默推開簡穆宇的攙扶，自己站直。

他半是無奈，半是生氣地看著我。

「苦練到忽略生理需求的程度，並不會讓妳比較厲害。」

我愣愣地瞅著簡穆宇，思考有些斷線。他現在是因為我沒吃飯而罵我嗎？

不過人眞的是很奇怪的生物，尤其戀愛中的更是如此，我竟然下意識把他的譴責解讀爲關心。

「我就想……試試看角色融入，但我、我一直找不到方向。」天啊，我姚靜敏英明一世，今天就爲了個簡穆宇在這裡支支吾吾的，傳出去我還要不要活了？

「角色融入不是妳悶著頭跳一百次、一千次就能做到的。」他似乎還是放心不下，把我扶到牆邊坐好，「我說過了，妳事前要做功課。」

「可你沒說要怎麼做功課啊……我只能一直練習……」我貼著鏡子，感覺背上一陣冰涼，然後幾滴冷汗沿著臉頰滑下，胃也不斷傳來灼燒般的不適感。

原來我眞的有逼死自己的潛力……這幾日密集的集訓已經超出我身體的負荷了。

「妳今天先別練了，好嗎？」他說，難得放輕語氣，「再練下去，妳會受傷的。」

爲了轉移我的注意力，簡穆宇給了我一個任務。

他問我知不知道開場舞用的是哪一首歌，我說知道，他又問我知不知道歌詞，我搖頭。

於是他說：「妳現在馬上回家，上網查到歌詞後，配著音樂把歌詞仔細讀過一遍，這樣或許可以讓妳有點方向。當然，在那之前，妳先給我去吃飯。」

說實話，我很疑惑。我只是個舞者，又不是什麼歌手，研究舞蹈動作也就罷了，爲何要研究歌詞？

可是我終究沒質疑他，因爲他是簡穆宇，一直是我心中救世主般的存在，所以我相信他。

那一晚，我按照他說的上網查了歌詞和翻譯，發現這是一首很特別的情歌。

歌詞裡，男人將自己的另一半比喻爲鏡子，她不僅是個光芒閃耀的藝術品，且無論何時，總能眞實反映出男人的內心，在男人凝視她時，會如同鏡子反射一樣，與對方融爲一體。

我突然明白，爲什麼在簡穆宇的編舞中，男、女舞者不是向著觀眾，而是面對面完成鏡像體一般的舞蹈動作，也了解當時他說的「務必要做到所有動作完全同步」是什麼意思，因爲兩個舞者同時是鏡子裡的人物，也是鏡子外的，他們是一體的。

然而單看歌詞，我找不到任何悲傷的段落，那爲什麼簡穆宇要把舞編得有些悲傷呢？出於好奇，我點開這首歌的MV，雖然後來我有點後悔這麼做。

影片描述一對從年輕相愛到老的夫妻，丈夫離世後，罹患阿茲海默症的妻子收拾房裡的遺物，可看著丈夫留下來的物品，她卻想不起年輕時相愛的記憶，後來她在鏡中見到丈夫仍站在自己身後，並在她耳邊細語，向她講述他們從相識到相戀的過程，縱使漫長的日子裡他們也有過嚴重的爭吵，但最終丈夫還是替妻子戴上象徵一起走一輩子的戒指，而這枚戒指如今就在妻子手上，影片的最後，妻子摘下戒指，丟進鏡子裡的世界。

表面上，這是個抽象又有點溫馨的故事，可不知道爲什麼，我居然……看到哭了。

那是種很揪心，也很複雜的情緒。

一起走過大半輩子的夫妻，最後只剩下妻子一個人承載過往的記憶，且有可能因爲阿茲海默症，那些記憶也終將離她而去……一想到這裡，我的眼淚就沒辦法停下來。

我不知道自己幾時變得這麼感性，也不知道簡穆宇是不是和我一樣，對這故事極有感觸，所以才把悲傷的情緒編進明明是動人情歌的舞蹈裡，而這份傷感在我看過MV後，完完全全接收到了。

那個週末，我就在「原來我這麼感性」與「原來簡穆宇這麼感性」的念頭裡打轉，還傻呼呼地把兩件事解釋爲我和他的相似之處。我一遍一遍聽著歌，一次一次發現自己因歌曲而產生的揪心情緒，並沒有隨著次數增加而減緩。

這是否就是簡穆宇所說的投入？

我不是很確定，唯一能確定的是，看MV看到哭了的事，絕對不能讓任何人知道。

星期一下午五點的課結束後，我本想按計畫衝進舞蹈教室閉關，可段淳雅傳來訊息，說大專盃的報名表必須塡寫所有參加社員的資料，因此要大家過去集合。大概是怕社辦人擠人會亂成一團，所以她選了比較寬敞的活動中心作爲集合場地，而我抱持著活動中心的環境雖然沒有舞蹈教室好，總還能勉強湊合著練習的心態，背著包包去了。

我下課的時間比較晚，抵達時正好和幾個塡完資料的社員擦肩而過，其中包括徐思穎。可能是因爲再過兩天就是評選，她的眼神特別不友善，然而我也不是什麼好好小姐，再加上一看見她的臉，我就想到團結大會那時，項鍊差點被弄不見的事，一肚子火就上來了，乾脆光明正大地朝她翻了個白眼，然後嘖了一聲。

活動中心裡還有一些男舞社員，袁尚禾正趴在桌上塡資料，見我來了似乎很高興。

「欸，妳來的正好，來跟我配一下吧？」他說，我突然有種忠犬見到主人的既視感。

我瞪著他的資料表，一度以爲上面的不是字而是蜈蚣，從名字到舞齡，全是歪七扭八、難以辨識的鬼畫符，忍了忍，我終究看不過去，一把搶走他的筆和單子，「配什麼？」

「配一下開場舞啊。」他哼起那首歌。

我停筆，直起身子瞅著他。

「你有練？」那天是誰舉手說不想練，要直接派簡穆宇上場的？

「對呀，」他一隻手搭上我的肩，挑眉道：「因爲這支編舞實在太好看了，所以我忍不住自學啦……雖然不可能跳得比那顆木魚好，但妳不是想爭取開場舞的位子？我正好可以陪妳練習啊。」

原來我的企圖心已經明顯到誰都能看出來了嗎？儘管我沒和任何人說我正在練習這支舞。

望著袁尚禾期待的臉，我點頭應了聲好。

在不可能拜託簡穆宇陪我練習的情況下，舞伴這種事其實是聊勝於無……先和袁尚禾練習過，至少可以讓我大概知道和男舞者面對面完成一整套舞蹈是什麼感覺。

活動中心裡的人差不多都走光了，我和袁尚禾塡完資料便上舞台就位。

一開始我們背對背，我將這部分理解爲即將背離對方的愛侶，而在音樂開始後，必須做完幾個舞蹈動作才能轉向對方，完成鏡子裡外的畫面。貼著袁尚禾的背，我開始回想週末研究這首歌的心得，歌詞的意境和MV情節一點一滴回到我腦海裡，熟悉的情緒湧上，我感覺自己準備好了。

「Aren't you something to admire, cause your shine is something like a mirror……」音樂一下，我按照編舞背對袁尚禾往前走了幾步，完成第一階段幾個比較輕柔的擺動，兩個八拍過後，我回頭和袁尚禾對上眼，此時正是舞蹈情緒開始往上堆疊的關鍵起步，我迎上前，和袁尚禾手貼著手，然後……

我出戲了。

雖然我持續跳著舞，不知爲何心底卻有種空洞的感覺，好像有什麼地方出錯了，無論是我的舞蹈、他的舞蹈，還是我們兩個現在構成的畫面，都不在狀況裡，就像油和水一樣，我們完全沒有融合在一起。

我反覆觀察我和他的動作，來回幾次後，才發現問題出在……

我和袁尚禾的動作根本沒有同步。

他對許多動作的詮釋都和簡穆宇不同，大致上看是差不多，實際上卻有很多節奏的細微差異，然而我是照著簡穆宇的影片，一點一點校正著細節學會的，導致我和袁尚禾的動作無法完全一致，也許向著觀眾跳的時候不會這麼明顯，可是面對面時，一點誤差都藏不住。

我陷入混亂，不知道是該繼續堅持原本的步調，還是跟隨袁尚禾的動作修正自己的，因爲簡穆宇說過，關鍵是舞蹈動作的同步。慌亂中，我聽到耳邊傳來一句低沉的命令，有點像簡穆宇的聲音，遠遠的，但很有力。

那個聲音說：「投入。」

我宛如被雷擊中，在兩、三個拍子內重新穩住陣腳，並強迫自己專心，想像我就是那個即將與愛侶告別的妻子，而鏡中的人是與我相伴一生的丈夫。

雖然看著袁尚禾想像這一切有點不合理，奇妙的是，當我進入情緒後，目光便失去焦點，眼前的人是不是袁尚禾似乎變得不怎麼重要，重要的是在我眼裡，他已經化成我心目中最適合的形象。

不過爲什麼……那個形象這麼像簡穆宇？

我沒時間想自己是不是又犯花痴了，只能盡力投入舞蹈中，幸好當我開始投入，和袁尚禾動作的不同步已經不再困擾我了。

一曲畢，我在一旁喘著氣休息。離開歌曲的情緒後，眼前的傢伙仍是袁尚禾，不是別人，而剛才在我想像中出現的簡穆宇，此時就站在台下。

我看著他，他也看著我，對上他的眼神後，我陷入呆滯。

他臉上的笑容是代表他很滿意剛才的舞蹈嗎？他眼神裡充滿的是讚許嗎？我不敢肯定，因爲他從來沒對我露出過這種表情，一向都是嫌棄、失望、憤怒和無奈，印象中最和顏悅色的一次是在團結大會的第一個晚上，但那只是因爲他累了。

這大概就是受寵若驚的感覺吧。

在離開學校的路上，段淳雅跟在我身邊，反覆驚呼我的進步。她說沒想到我在毫無基礎的情況下，現代舞居然可以進步得如此神速，還說這是她第一次見到我跳舞時的肢體情感這麼豐沛。

「這個程度參賽，我覺得完全可以。」她說。

得到這些誇獎我固然開心，不過若要說隱憂，也不是沒有。

考慮到徐思穎有芭蕾舞底子，再加上我一直清楚，她並非那種自恃有點優勢就偷懶的人，爲了評選，她練習的時數不見得會比我少，所以我完全不敢鬆懈，星期二的放學後和星期三早上，我照樣去老金那裡進行最後衝刺。

然後，終於迎來星期三放學後的社課。

「上一次，我提過除了所有動作都要同步外，默契也很重要。」簡穆宇再次主持大局，他環視在場的每一個人，瞬間讓評選的氣氛變得無比嚴肅，「既然男舞已經確定由我擔任開場舞代表，那與我搭配的人就必須要能快速和我建立起默契，同意嗎？」

我保持冷靜，默不作聲，但幾乎是在心裡尖叫著同意，並暗暗發誓如果有誰敢持反對意見，我就衝上去把那人過肩摔再飛踢出去。

沒想到我也有變成簡穆宇激進擁護者的一天，我媽知道了一定很難過。

「那麼今天評選的方式很簡單，想爭取開場位子的人和我搭配跳一次，再由你們選出最終人選。記住，我要的是最有可能奪冠的組合，一人只有一票。」見所有人都聽明白他的意思，簡穆宇叫許泯載去準備音樂，「那我們開始吧。」

女舞有五個社員，除了段淳雅以外都練習了，不過我真正忌憚的只有徐思穎，而她正好是第一個上台的，也正因爲如此，我才發現原來自己是一個極度小氣的人，光看到她和簡穆宇背貼背站在台上，我就嫉妒得快要發狂。

雖然不想看他們兩人共舞，可爲了知道徐思穎的實力，我就是用牙籤撐開眼皮也非看不可。

而她的確如我所預想的，準備得非常充足，不僅動作乾淨俐落，重拍也掌握得很清楚，加上芭蕾舞底子與每一個現代舞的動作都相得益彰，身體線條的延伸非常好看……如果我做評審，她的舞我會給九十分以上，因爲我無法否認，她是眞的跳得很好。

唯一讓我猶豫的是，這支舞經過她的詮釋，居然變得一點也不悲傷。

我不知道別人是怎麼想的，但我覺得有點可惜。

後面兩個上台的社員實力和徐思穎一比，根本不值一提，我基本上視線全程都在簡穆宇身上，一邊想著這麼累人的舞他要連跳三遍，會不會輪到我的時候，他就沒體力了？

第三個社員走下台，臉上的表情可能是自責沒跳好或是什麼的，我沒有注意，因爲輪到我了。

我起身，一步步往台上走去，莫名覺得腳下的世界在搖晃。

自大一加入舞社以來，大部分的表演或比賽我都不怎麼緊張，一來是那些不構成我和徐思穎之間的較勁，我無所謂，二來是從小到大的經驗讓我對人群老神在在。

如今走上台的這一路，我卻緊張得像是在走婚禮紅毯，說不定連走眞正的婚禮紅毯我都不會緊張至此，這不僅是因爲我又即將和徐思穎分出高下，也因爲這是在發現自己對簡穆宇的心意後，第一次和他共舞……待會幾乎是全程面對面，我好怕自己窒息。

我全身僵硬地走到簡穆宇身後，與他背貼背站著，音樂還沒下，我聽見他的聲音。

「別發抖，很蠢。」他說，聲音小小的，只在我耳邊縈繞，「記住，妳只要完全投入就贏了，其他的事情都先不要想。」

音樂緊跟著他的話尾下來，我來不及思考，只能照做。不過也因爲他的存在，讓投入舞蹈意境變得異常簡單，眼前的人就是過去幾天我假想過幾百次的簡穆宇，我只要專心把自己融入編舞的情緒就行了。

「Yesterday is history. Tomorrow's a mystery. I can see you looking back at me. Keep your eyes on me. Baby keep your eyes on me……」過了這段歌詞，就到整首編舞的高潮了。

我上前幾步，和簡穆宇面對面。

一對上他的眼神，熟悉的情緒便在我心裡竄動，因爲若按照歌詞解讀，這一刻我和他是一體的。或許我需要全心投入，又或許根本不需要花心思投入，因爲這個畫面我不曉得已經在腦海裡想像過多少次，甚至連現實中的簡穆宇也和我想像中的沒有什麼不同。

跳完最後一段，準備要收尾了，我做完花式跳躍，轉身準備與簡穆宇拉近距離。

在原本的編舞中，ending pose的設定是男、女舞者雙眼輕閉，並將雙手掌心和額頭與對方相貼，維持這個姿勢直到燈暗轉場。

此時我的額頭剛碰上他的，下一秒掌心也貼上了，不知道爲什麼，簡穆宇突然彎起手指，我以爲是我記錯細節，連忙模仿他改正動作，可是……

我這樣不就等於跟簡穆宇十指交扣了嗎？

我和他就這麼手握著手，額頭貼著額頭，雖然閉著眼，但彼此的距離近到我能感覺到他溫熱的吐息，而他一定也能感受到我的，我甚至不敢想像如果睜開眼，他的臉就在我眼前，那會是怎樣的畫面。

剛才他和徐思穎共舞時，並沒有在收尾動作和她雙手交扣，此時手被他這麼一握，我忍不住心跳得厲害，連交握的手也顫抖不止。

台下忽然響起社員們的掌聲，我像是從美夢跌回現實世界一般，瞬間放開簡穆宇的手。

我望著台下的社員，不禁有點愣然……前三次的試跳我不記得有人鼓掌啊，而且最不眞實的是，居然連徐思穎都在拍手，儘管她臉上的表情相當不情願，雙手卻實實在在地動作著。

她從來不是會迎合的個性，若非發自內心，誰也逼迫不了她。

「不需要懷疑，」就在我腦中一片空白時，聽見簡穆宇的聲音，「這一次妳做得很好。」

很好？我居然能從最嚴格的簡穆宇口中聽見「很好」這個評價？

腦中開始出現放煙火的畫面，接著是火山爆發、午後清涼的陣雨、野地裡盛開的小花、排列整齊且一絲不差的方塊……各種療癒人心的景象以蒙太奇的方式占領我的思考，我沉浸在我的小宇宙裡，感覺飄飄然的，不太眞實。

而這份飄飄然一直持續到評選表決的時候。

我坐在人群裡，腦中還想著剛才簡穆宇的稱讚，要不是我媽生我要懷胎十月，我少說也該活到八十歲來報答她，不然能得到簡穆宇這程度的評價，我想我死而無憾了。

「我這裡已經有剛才大家用通訊軟體不記名投票的結果，」仍舊是簡穆宇的聲音喚回我的思緒，我抬起頭，他拿著手機站在前方，嘴角的笑意若有似無，「姚靜敏十五票，票數過半，確認拿下開場舞的位子。」

身邊再度響起社員們的掌聲，還穿插著幾句恭喜，有幾個人拍了拍我的肩，我陷入一陣恍惚，好像我並不在這裡，所有的一切都離我很遠，直到我看見徐思穎的臉。

她臉上的表情有點不甘心，這是非常難得的事，因爲大部分時候她都是勝利的那個，更難得的是，在她的不甘心之下藏的不是惡意或嫉妒，而是心服口服的認輸。十五票，那是不含簡穆宇在內的社員總數，代表連徐思穎也把票投給我。

媽媽，我終於贏過徐思穎一次了！我的一小步，是人類的一大步啊！

「妳就那麼開心？」離開活動中心時，簡穆宇跟在我身後，「有什麼好開心的？」

我停下腳步看他，心裡眞是千言萬語。

其實開心的事情很多，比如說第一次贏過徐思穎、拿下大專盃決賽的開場舞位子、獲得所有社員的肯定等等，當然，還有可以跟簡穆宇一起跳舞，但這一點不能說。

於是我只揀了件最冠冕堂皇的事回答：「贏了當然開心。」

「別開心得太早，」他一下子走到我前面，笑著說：「妳還有升上正式社長的戰爭要打。」

我一口氣差點換不上來，嗆咳了幾聲，而那傢伙已經揚長而去。

我只能對著他的背影大吼：「王八蛋簡穆宇，你一天不潑我冷水是會死嗎？」

他沒有回頭，只是揮了揮手與我道別，不用看我也知道，他臉上肯定掛著戲謔的笑。

我到底爲什麼會喜歡上這殺千刀的傢伙啊啊啊啊啊——

第七章　要跳舞就別給我受傷

自從確認代表女舞出戰大專盃決賽開場後，我過了一段在雲端上的日子。

但也不是說在雲端上生活就可以不辛苦、不練舞。

愈靠近決賽，我往活動中心跑的次數就愈頻繁，離開的時間也愈來愈晚，雖然很累，每天都是沾到床就一秒睡，不過可以見到簡穆宇，透過練習和他來點肢體接觸，我甘之如飴。

……我果然很有當花痴的潛力。

這一天的練習也差不多在十點半結束，按照排班表，輪到我場地善後，於是當其他人慢吞吞地晃去換衣服時，我拖著基本上快要沒有功能的身體開始整理活動中心。

其實要做的事不多，除了把該關的燈和電源檢查一遍，以及把舞台布幔和音響復原外，就只剩下休息室需要費心。練舞前後，社員們喜歡擠在休息室喝水、吃東西或玩手機，因此製造的垃圾也比較多，我拿了個垃圾袋進去，收拾起桌上的空瓶和餐盒。

因爲累，我邊收拾桌子，邊進入放空狀態，聽到門外傳來嘈雜的人聲也沒有多想，大概又是誰漏拿了什麼東西，折返回來了吧，這種事時常發生。沒多久，聲音沒了，而我拎著垃圾袋把幾件團服歸位後，才一邊檢查，一邊慢吞吞踱向門口。

只是當我轉動門把，卻錯愕地發現門居然鎖上了。

休息室的門比較特殊，用的不是一般的喇叭鎖，必須用鑰匙才能從外面鎖上，通常負責鎖門的不是段淳雅，就是簡穆宇，想來想去，也只可能是他們之中的誰以爲裡面沒人，就把我反鎖了，我也不急，把垃圾袋擱下後，掏出手機準備撥號。

但在手機螢幕亮起的瞬間，休息室的燈暗了。

室內陷入一片漆黑，對，就是我最害怕的那一種。

難道停電了？

手機螢幕還有點微弱的亮光，可相對環境來說，根本不足以用來照明，也無法減緩我的恐懼，即便我抖著手打開手機的手電筒也一樣於事無補，反倒是除了被照亮的角落，那些無止盡往外延伸的黑暗讓我更慌張。

我開始覺得全身使不上力，就連想叫都叫不出聲，因爲腳軟，我只能蹲下並向後尋找牆角作爲依靠。我解鎖手機，映入眼簾的是通訊軟體的畫面，我努力思索該打給誰，但同時有好多人的名字在我腦海亂竄，雙手無法克制地顫抖，眼前的視線也糊成一團，我只能咬牙盲戳了一個帳號並撥出電話。

話筒貼在耳邊，我下意識摸了摸臉頰，才發現自己不知何時哭了，反正眼前本來就是一片漆黑，視線不良也沒什麼差別，我只希望對方不管是誰，拜託快點接電話。

神彷彿應允了我的請求，我聽見簡穆宇的聲音從那端傳來：「喂？」

謝天謝地，我戳到的人是簡穆宇，沒有撥給救不了近火的遠水。

我張開嘴，想告訴他我現在的處境，可是牙齒實在顫抖地太厲害，好幾次差點咬到舌頭。

「救……救我……」最後我只擠出這些殘破的話語。

「……妳在哪？」簡穆宇的嗓音沉穩如常，給了我一點點力量。

但我仍不停發抖著，「休……休息……室……」

電話中可以聽見簡穆宇奔跑的聲音，我心底燃起一絲希望。

他就在來的路上。

掛斷通話，我把頭埋進兩腿間並緊閉著眼，想像身旁的世界不是一片漆黑，而是燈火通明，我蹲在這裡只是因爲累，想休息。

這裡一點都不黑……一點都不……

不知道過了多久，門打開了。

或許實際上只有幾分鐘，但在我的感覺中，就像有一年這麼久。

我聽到有人說：「燈爲什麼是暗的？」

另一個人則發出疑問：「她人呢？」

我抬頭望向門口，流瀉進來的燈光有點刺眼。

我看見幾個社員擠在門邊，爲首的段淳雅手上還捧著一個蛋糕，也是她最先發現窩在角落的我，她愣了半秒，馬上把蛋糕交到旁人手裡並朝我衝了過來，嘴裡還喊著：「是誰關的燈？不知道她怕黑嗎？」

有人把燈打開，而段淳雅蹲下來撫著我的肩膀，眼裡流露出擔心，「靜敏，妳還好嗎？」

我想回答她，卻說不出任何話來，這才發現自己其實一直緊咬著牙。

我只能微笑，但不用想也知道肯定醜得要死。

「對不起，我們、我們只是想幫妳慶生。」段淳雅著急地解釋。

幫我慶生？

我用不太清楚的腦子想了一下……對喔，再過三天就是我的生日。

其他社員也慢慢圍了上來，好像我是什麼珍奇異獸似地瞅著我。

「一開始只是想惡作劇，把妳反鎖在休息室，再衝進來給妳驚喜的。」段淳雅慚愧道：「可是我沒有叫他們關燈，眞的沒有！」

雖然她這麼說，但有人關了燈這是不爭的事實。

段淳雅像是想起什麼，回頭瞪向徐思穎，滿臉不信任，「我叫妳鎖門，妳爲什麼連燈都關了？」

「……我沒關燈啊。」徐思穎的表情特別茫然，她要不是眞無辜，就是演技派。

只是在這個狀態下，我一點也不想知道是誰關的燈，我只想回家。

段淳雅看出我的不適，扶著我的手臂問：「妳站得起來嗎？」

我試著挪動腳，發現仍然使不上力，便搖搖頭。

「沒關係，那我扶妳，來。」她抓住我的雙臂，試著拉我起來。

然後，一雙腿出現在我的視線裡。

「讓開。」那個人說。

段淳雅傻愣愣地讓到一邊，而簡穆宇在眾目睽睽之下，直接打橫抱起我。

如果是平常，我應該已經少女心噴發，但在這個手軟、腳軟，全身還不停發抖的時刻，我一點甜蜜的感覺也沒有，只覺得被抱起時的位移晃得我頭痛欲裂，我忍不住把頭靠在簡穆宇的肩膀上，試圖減緩不適。

他將我抱到休息室另一頭的沙發區，其他社員亦步亦趨跟了上來，卻不知道是帶著怎樣的心情，畢竟他們一向以為我和簡穆宇是仇人，極度不合。

簡穆宇先把我安置在沙發上，並脫下他的長版襯衫讓我披著，接著回頭面對或許還想看好戲的社員們，雖然我看不見他的臉，不知為何卻能感受到他的盛怒。

而他此時的嗓音，是我認識他以來聽過最低沉的。

他以緩慢且清晰的咬字說道：「不管是誰，以後要是敢再開這種不分輕重的玩笑，我一定把他踢出舞社。」

所有人大氣都不敢喘一口，包括我也一樣。

然後他們就全被簡穆宇轟回家了。

偌大的休息室裡，只剩下我和他。

「好點了嗎？」簡穆宇在我面前坐下，出聲問道。

仔細想想，這已經是我第二次因爲怕黑，在簡穆宇面前露出一副要死不活的樣子了。以前只要發生這種事，我唯一能做的就是給自己一點時間復原，然而面對簡穆宇皺眉擔憂的神情，我說不出「不好」兩個字，只能點頭，硬扯出一個微笑。

「對不起，我不知道他們計畫幫妳慶生。」他凝視著我，臉上的表情大概是自我們認識以來，我所見過最和善無害的，「如果知道的話，我剛剛就不會離開了。」

我伸手揉揉臉頰，讓自己放鬆，「你……回家了？」

他垂下眼，用談論天氣的口吻說：「沒有，本來要去教室備課。」

這時間備課？我瞄了眼手錶，已經十一點多了。

能和他獨處當然很好，但我更怕耽誤他處理重要的事，哪怕一件都不行，尤其是與跳舞有關的事。

因爲我自己就是個極度不喜歡被耽誤的人。

「那你回去備課吧，我沒事了。」我說完，掙扎著想站起來，卻被簡穆宇一手按住肩膀，推回沙發上坐著。

「我備課沒那麼急，倒是妳臉色還很蒼白，再坐一下。」他按著我坐下後，獨自走到休息室的另一邊，沒多久，他左手捧著蛋糕，右手抓著蠟燭回到我面前，表情挺無辜的。

「如果……現在要妳吃蛋糕，會很過分嗎？」

「呃……」我愣了幾秒，「現在吃……會胖欸。」

後來，簡穆宇幫我慶生。

說慶生好像又有點過了，因爲他只是切了一塊蛋糕給我，又切了一塊很小的給他自己，至於一聲「生日快樂」或生日快樂歌，我都沒聽到，甚至蛋糕上也沒點蠟燭，我也沒許願，我們就這樣默默相對坐著吃蛋糕。

我沒什麼胃口，吃得很慢，簡穆宇解決掉他的那塊蛋糕後，看著我說：「今天的事情不會就這樣過去，再給我一點時間，我會把人找出來。」

我放下叉子，腦袋一片混亂。

簡穆宇的話怎麼好像似曾相似？

想起上一次他說了類似的話是爲了……表演服的事！

我嚇傻了，支支吾吾道：「我、我以爲今天的事只是意外。」

「該說妳遲鈍還是……」他瞅著我嘆氣，伸出右手大拇指抹去我唇角的奶油，「自己被針對了，難道都沒發覺嗎？」

對，我眞的沒發覺。

時間似乎暫停了，簡穆宇手指留在我唇角的餘溫，竟發燙起來。

此刻我的全部理智都被用來阻止自己撲向他，哪還有心力發覺其他事呢？

之後幾天，段淳雅和幾個社員爲了向我賠不是，每到團練時間就帶一大堆零食給我，儘管我多次強調要比賽了，這樣吃會胖，他們依然故我，最後我沒有辦法，只好把那些零食全給了吃再多也不會胖的傢伙。

「哇賽，有舊版的健達出奇蛋欸！」袁尙禾抱著我給他的袋子，一臉新奇地翻看，「居然還有十八禁洋芋片？妳確定他們是要賠罪，不是要整妳嗎？」

我不以爲然地繼續暖身，對他說：「我無所謂啊，反正都是你吃。」

那天被簡穆宇提醒後，我便不動聲色地觀察起身邊的人……到底是誰在針對我？難道眞的是徐思穎？

說實話，我不相信會是她，雖然我討厭她是事實，她曾在團結大會尋寶時整我也是事實，但我就是不覺得她有壞到會利用我的弱點來攻擊我。

討厭一個人與那個人是否善良，畢竟是兩回事。

距離大專盃決賽只剩不到半個月，團練也已經進入總彩排階段。

這個時期的練習比較重視走位和整齊度，因爲簡穆宇人在表演行列中，大部分時間幫我們審視表演和檢討的人都是小夏，她看過幾次彩排，欣喜地說我們的表現比她預期的更好，她挑不出太大的缺失。

這天練習到一半，升降布幕突然卡在舞台中間不上不下，完全擋住視線和動線，以至於練習中斷，幾個男舞社員擠在操控台附近研究，研究了半天，判斷是總開關出了問題，得派個人去總開關室檢查，簡穆宇剛好站在門口，聽見社員的結論，他二話不說便轉頭往外走。

在等待的時間，其餘社員都窩在舞台旁邊休息，我也是其中之一。至於袁尚禾，他拿著手機跑到我身邊坐下，期間手機的訊息提示聲完全沒停過，他也沒閒著，手指在螢幕上動得飛快。

我瞥了眼他的螢幕，發現似乎是流行過一陣子的交友軟體介面。袁尚禾不愧是袁尚禾，他不但興趣是把妹，我猜他的人生目標大概是把盡世界上所有的妹，無時無刻都在物色新妹子的行動力，我著實佩服。

我很慶幸此時有交友軟體纏著他，讓他不會試圖找我談天說地，如此我就有時間把這幾天的練習影片再細看幾次。這一看，半個小時過去了，而簡穆宇遲遲沒有回來。

聽到男舞社員們久等不耐的抱怨聲，我抬起頭，幾個女舞社員和小夏都不見蹤影，可能是去買宵夜了。低下頭，我瞅著暫停中的練習影片，畫面裡大家的動作明明是一樣的，手腳擺出的角度卻不同，看上去一點也不整齊。

我按下螢幕截圖鍵，想著待會要把這件事告訴小夏，突然袁尚禾開口喊我：「學妹。」

「嗯？」我轉頭看他，他把手機塞到我手裡。

「妳看。」他說。

我垂下眼，螢幕上是交友軟體的頁面，從上到下有一整排的訊息紀錄，其中幾個還不停跳出新訊息，每個大頭照乍看之下都是漂亮的妹子，看來袁尚禾的皮相在當今社會還是很吃得開的。

「嗯，然後呢？」我把手機還給他。

「看了之後，有什麼感覺嗎？」他的口氣像是在試探什麼。

「我……應該要有什麼感覺嗎？」我眨眨眼，不明白他在打什麼啞謎，「對那些妹子？」

「不是啊，」袁尚禾不知怎地自己先崩潰了，「難道妳一點都不嫉妒嗎？」

我更不解了，眉頭深深皺起，「嫉妒啥？嫉妒……你很受歡迎？」

他看起來有點洩氣，我不知道這是誰造成的，問號還環繞在我腦門上。

操控台附近還在等簡穆宇的社員開始躁動了，我站起身。

可是袁尚禾試圖繼續跟我玩猜謎，他拉住我的手。

「學妹。」他直盯著我，這是我第一次見到他如此認眞的眼神，「妳是眞的……對我沒有興趣？就連一點點都沒有？」

我愣在原地，腦中飛快閃過幾個想法，瞬間懂了他剛才的舉動是因爲什麼。

鑑於我從沒認真思考過這個問題，我仔細端詳他的眉眼，再看了看他的輪廓，然後發現心裡真的激不起半點漣漪。對我來說，他是一個很好的玩伴和鬥嘴的對象，對他也不是沒有好感，只是並未上升到另一個層面……譬如我對簡穆宇的這個層面。

「我看上去像有嗎？」我反問，笑著輕輕掙脫他的手，說：「我要去找簡穆宇。」

袁尚禾看起來有點錯愕，但也只有一瞬間，很快地，他恢復平時戲謔的笑容，我走向門口時，似乎還聽見他說：「那個嚴肅的傢伙有什麼好的？」

我沒理他，不一會兒就離開活動中心。

總開關室離活動中心有段距離，必須先經過行政大樓外圍的走廊，此時早過了學校的辦公時間，整棟大樓連一盞燈也沒開，辦公室裡一片漆黑，我忍不住回想起那天被關在休息室的慘況，雙腳突然有點發軟，幸好此處是開放空間，勉強能分享到路燈和月光，視野還算清楚，我逼自己冷靜，繼續往前走。

右側走廊走到底後，再走過一段樓梯就到總開關室，我打開門進去，裡面空無一人。

但我一路走來也沒碰到簡穆宇……這傢伙檢查開關是檢查到哪去了？

我滿腹疑問地打了通電話給他，並在總開關室門前來回踱步，想著如果聽到手機鈴聲，說不定就可以知道他在哪裡，然而他似乎將手機調成靜音了，我只能等他接起電話。

就在來電答鈴響到第二遍，我準備放棄時，電話接通了，話筒的另一端異常安靜。

「你在哪？」

「妳在哪？」

我和他的聲音幾乎重疊在一起，問出一模一樣的問題。

沉默半晌，最後是我先回答：「我……我在總開關室門口。」

簡穆宇的聲音很低沉，也很小聲，但我聽得非常清楚。

「妳現在回總開關室，找東西把門擋住，千萬不要出來。」不知道是不是我的錯覺，他的聲音聽起來有點喘，「等我過去找妳。」

一股不安湧上心頭。

「什麼——」我抓著手機，很怕他就這樣掛斷，「發生什麼事了？你在哪？」

「聽我的，躲好。」他說完還真的就切斷了通話。

……可是我到底要躲什麼？

雖然不明白發生了什麼事，不過被簡穆宇這麼一搞，我也莫名緊張起來，我聽他的吩咐，回總開關室用梯子將門頂住，然後一個人默默窩在角落。

儘管總開關室裡的燈能開，卻老舊到只能勉強照亮，其中一盞日光燈還不時閃爍著，此情此景，再加上不知道簡穆宇人在哪，讓我備感壓力，焦慮到連日光燈微弱的電流聲都能令我感到頭痛。

五分鐘後，有人敲響總開關室的門，嚇得我整個人跳起來，差點叫出聲。

門外會是誰？簡穆宇剛才那樣神神祕祕的……該不會有壞人吧？

我不敢直接開門，舉手敲了回去，而門邊馬上傳來人聲：「是我。」是簡穆宇的聲音。

我連忙移開梯子將門拉開，他就站在門口，臉色不太好。

「你——」我正要開口詢問，簡穆宇卻突然站不穩似地往前傾倒。

我連思考的時間都沒有，反射性上前接住他，一股重量從我肩上壓下，幸好他似乎還是用了點力撐住自己，否則我不可能在接住他後，人還好好站著。

簡穆宇的頭埋在我肩窩裡，整個人幾乎掛在我身上，我半扛著他，遲鈍地意識到兩件事：一是我們現在的姿勢跟擁抱沒什麼兩樣；二是他好像不太對勁，人虛弱得很。

用膝蓋想也知道哪件事更重要。

我把他扶進室內，關上門後，再扶著他靠牆坐下。

確定他坐穩了，我收回手，掌心卻傳來一股濕黏的觸感，我就著昏暗的燈光一看，腦袋裡轟地一聲，像是有什麼炸開了。

掌心紅通通的，是血。

「你……你怎麼了……」我抖著手，慌張到連話都無法好好講。

簡穆宇的側臉有幾道傷痕，身上也全是擦傷和挫傷，他眉頭緊皺，似乎正忍著痛，額頭冒出幾滴汗珠，手掌冰冷。

我感覺心臟像被人緊緊揪住。

「到底……發生什麼事了？」

「沒事。」他說，但聲音聽起來一點也不像沒事，「不許哭。」

我伸手摸自己的臉……好啊，這年頭眼淚要流出來，都不用先通知我的是嗎？

「你管我哭不哭。」我抖著聲音道，試圖捲起他濕透的褲管……裡面也是一片血紅。

本來也許還存在的一絲理智、一點冷靜，在這瞬間全消失了。

「你、你……」不再是無知無覺地流淚，我感覺到大顆大顆的淚珠不斷滾落，有的跌在我手上，有的落在簡穆宇的腿上，有的則掉在地板上，我想起他曾經爲了我差點摔下舞台而狠狠罵我一頓，如今他的腿卻成了這副德性，「身爲一個舞者……你怎麼能受傷呢……」

我拉著簡穆宇的上衣衣襬，跪在地上哭得不能自已。

一想到他傷了腿，以後不知道還能不能好好跳舞，我就慌得要命。

然後簡穆宇嘖了一聲。

聲音很小，但在這安靜的氛圍下我仍聽得很清楚。

我抬頭看向他，眼前的視線一片模糊，聽見他用碎念的語氣說：「妳眞的很麻煩。」

他身體前傾，伸出右手把我的腦袋按在他肩上，左手則圈住我的腰，讓我緊貼著他，他的手有點冰冷，身體卻是滾燙的，透過接觸傳來令人稍微安心的溫度。

「我眞的沒事。」他在我耳邊低喃，「這些只是擦傷，復原之後我還是能繼續跳舞，也有體力繼續罵妳，所以妳不要再哭了。」

簡穆宇這傢伙……居然還有心情講冷笑話？

我打從心底想揍他一拳，不過考慮到他現在是個傷患，只能先忍住，然後氣呼呼地推開他，下一秒卻看見他痛苦的表情，肯定是扯痛身上的傷口了，我的心一揪，逼自己把眼淚收回去，再怎麼樣我也不該讓一個正在流血的人，來安慰我這個流淚的傢伙。

「你傷得太嚴重了。」我抹掉眼淚，毅然起身，「我去活動中心找人幫忙。」

但簡穆宇一把拉住了我，雖然力道非常微弱。

「不要出去。」約莫是拉我時又弄痛自己，他眉頭皺得死緊，「外面可能還很危險。」

到底外面有什麼危險？到底是誰害他傷成這樣？

然而不管我怎麼問，簡穆宇都不肯說，只同意讓我打電話叫社員過來，還要我交代他們一定要一起行動，千萬不能落單。

我回憶起何禮鈞跌下舞台那次，許涀載慌慌張張出來找人的樣子，也想起我罵過他的話，於是趕緊先撥了一一九叫救護車，接著才通知社員們。

簡穆宇住院了。

醫生說，他身上的擦傷雖然有幾處傷得比較深，幸運的是並無大礙，至於右腿的韌帶則是舊傷復發，保險起見得休養一個月，休養期間不能做劇烈運動，包含跳舞。

事發隔天，一眾社員們藉口探病去了醫院，但其實是去挖八卦的，他們窩在簡穆宇的病房裡喧鬧不休，想知道究竟發生了什麼事。在探病隊伍中，女舞社員只來了我一個，而袁尚禾和小夏則因爲有事無法前來。

「我不想造成恐慌，也不希望大家捕風捉影。」簡穆宇全身都是處理過傷口的痕跡，一臉嚴肅地躺在病床上對社員們說：「所以我只會敘述事發經過。」

昨天晚上，簡穆宇爲了檢查舞台升降布幔的總開關，獨自前往行政大樓，在確認總開關一切正常後就離開了，回活動中心的路上，他經過學校的一條主要幹道，看見一輛黑色轎車駛來，便停下腳步讓到一邊，卻沒想到當轎車通過，他繼續往前走時，對方無預警倒車並快速朝他撞來，爲了閃避，他連退了好幾步，但轎車還是沒有停下，像要置他於死地一般，最後，雖然他沒被撞到，卻不慎從一旁通往操場的長階梯上滾落，摔得全身是傷。

過程實在太驚心動魄，我在一旁聽著，心一抽一抽地痛。

「聽起來……是有人要害你？」許泯載下了一個讓大夥都很心驚膽顫的結論。

「不是害我，」簡穆宇淡淡地糾正他，「是衝著舞社來的。」

眾人臉上浮現疑惑，於是他補充道：「之前我以爲對方是針對靜敏，」突然被他提起名字，我小小悸動了一下，「但被針對的對象愈來愈多，手法也愈來愈重……我不知道對方這麼做是爲了什麼，只能初步判斷……可能與大專盃有關。」

簡穆宇會這麼推論也不無道理，因爲如果除掉他，我們大專盃就少了一個主將，不僅會打亂原先的團練步調、隊形、走位，也在某種程度上打擊了社員們的士氣。比賽這種事，儘管實力才是關鍵，但士氣一旦低落，肯定會影響表現，贏的機率也會變低，去年的大專盃比賽就是一個最好的例子。

就在這個人心惶惶的時刻，我想起一件特別現實的事情。

「那……比賽怎麼辦？」我問，聲音顯得乾巴巴的。

距離決賽只剩下兩週，簡穆宇卻要休養一個月，那我們……不是玩完了嗎？

「比賽啊，」簡穆宇一臉「對喔，還有比賽這回事」的表情看著我，然後笑了，「比賽就全權交給妳負責嘍。」

「我全權負責？」我滿頭問號。

先不談我要如何安排其他社員，光是想到和簡穆宇一起跳的開場舞，如今只剩下我一個人跳，我就一個頭兩個大，「所以是要我一人……分飾兩角嗎？」

那畫面稍微想像一下還挺好笑的。

圍在床邊的男舞社員們爆出大笑，簡穆宇的嘴角也微微上揚，雖然我很難理解他怎麼還笑得出來……他眞的都不擔心比賽嗎？

「好了，時間差不多了。」我還在比賽的漩渦裡打轉，簡穆宇突然就下了逐客令：「你們先回去吧，我累了。」

嘖，這傢伙都在醫院躺一天了，居然好意思喊累？他倒是說說比賽該怎麼辦啊，看是棄權還是怎樣，起碼給個指示，社員們才有行動的方向吧。

饒是在心裡如此埋怨，我依然順從地背起包包，準備和其他人一起離開。

這就是簡穆宇的命令在我潛意識裡發揮的力量。

「姚靜敏，」他冷不防出聲，「妳留下來。」

我不解地回頭，其他社員們也跟著看過來，幾個人就這樣堵在病房門口。

「你們……」許泯載不懷好意地瞇起眼，「要講什麼八卦不讓我們聽？」

簡穆宇拍了拍棉被淡淡地道：「沒，只是留個人下來餵我吃飯。想來想去，她比你們這些大老粗適合一點。」

那還眞是……謝謝你的抬愛欸。

我不知道是該慶幸還是該生氣，瞇起眼看他，「你的手傷得又不重，不能自己吃嗎？」

「很重啊，」簡穆宇亮出只有輕微擦傷的右手，很敷衍地說：「好痛。」

痛你個頭，那傷的疼痛程度肯定不及我生理痛的五分之一，要不是病房內不能吵鬧，我眞的很想大聲嘲諷回去。

但因爲他是傷患，我忍，又因爲他是簡穆宇，我再忍。

默默走回病房，我把包包放下，一連串的舉動看在社員們眼裡完全無法理解。

「你們兩個……真的很奇怪欸……」一個社員支支吾吾地指著我們，「幾個星期前不還跟仇家一樣嗎？現在交情好到可以餵飯吃啦？」

我瞅著那個社員，感覺到背後簡穆宇的目光化成眼刀向他殺去，他立馬閉上嘴。

許淛載把棒球帽帽沿拉到正面遮住眼睛，嘴裡很不道德地碎碎念：「靜敏妳不錯喔，惦惦吃三碗公，什麼時候收買社長的？」

這話說的……為什麼一定是我收買簡穆宇？難道不能是簡穆宇收買我嗎？

之後社員們離開，病房裡只剩我和簡穆宇默默相對，他伸手指向病床旁的椅子，又對我努努嘴，我瞬間像被催眠似的，順從地走過去坐下。

「放心，我不是真的要妳餵我吃飯。」簡穆宇捧起醫院的餐盒，手部功能看起來一切正常，「只是找個藉口留妳下來。」

謝天謝地，不然我真擔心自己會失手把湯匙戳進他喉嚨，「那你留我下來做什麼？」

「沒做什麼，」他將一口飯塞進嘴裡，「只是不想一個人吃飯。」

上一秒還覺得這傢伙很缺德，下一秒又覺得他很可憐。

我望著他嘴角依然鮮明的傷痕，回想起當時從他背上摸出一掌血紅的驚恐，身體還是會忍不住害怕地打顫。

可是，到底是誰？到底是誰想對舞社不利？

那人從小事開始，現在連這麼過分的事都做出來了，開車撞簡穆宇……這已經構成殺人未遂了。

「我知道妳想問什麼，但我不知道答案。」簡穆宇拿紙巾擦拭嘴角，特別冷靜地說：「沒有證據的推測是很不負責任的，我不想這麼做。」

嗯，這傢伙吃飯要不要再優雅一點？一點也沒有運動型男子的範兒。

我聽不出他的「不知道答案」是表面話，還是眞的不知道，只能沉默以對，不過仔細想想，身爲整件事最大的受害者，簡穆宇完全沒理由隱瞞兇手的身分。

「無論如何，妳要提高警覺，盡量別落單。」他注視著我，語氣愼重，「既然對方喜歡找落單的人下手，那只要社員們聚在一起，他應該也不敢怎麼樣。」

我愣愣地點頭，想不透這段話他爲何只跟我說，是他眞的特別關心我，還是我長得很像下一個受害者……或許兩個都有吧，我不想深究，環顧病房四周，轉開話題。

「你爸媽……不來看你嗎？」我問。

簡穆宇眼裡似乎閃過什麼，他垂下眼，表情變得很淡，「他們都在國外。」

對喔，差點忘了這傢伙不得了的家世背景，雙親日理萬機，沒空飛回來探望也很合理，只是瞧見簡穆宇的神情，我懷疑自己不小心勾起了他的傷心事……明明幾分鐘前他臉上還有笑容的，看他這副模樣，我心底生出了一點罪惡感。

「妳知道嗎？其實我韌帶舊傷復發，不是摔下樓梯弄的。」他說，語氣裡多了點嘲諷，而且是自嘲的那種，「是因爲決賽的開場舞。」

我一愣。

當初在學舞時，我就發現這支舞對身體素質的要求很高，但因爲他是簡穆宇，我從沒想過他有可能做不到，甚至認爲他應該頗有餘裕，怎麼樣也沒想到他編了一支會讓自己舊傷復發的舞。

「你早就知道自己舊傷復發了？」我不可思議地瞪大雙眼，「爲什麼不說？」

他往後靠在枕頭上，並將手墊在腦後，輕輕閉上眼睛。

「本來覺得應該撐得過決賽，打算等比賽結束，再來放個長假休養。」他一動也不動，像個入定的僧人，「沒想到居然會在比賽前被人暗算，眞是可惜。」

雖然他嘴上說著可惜，口氣聽起來卻完全不是那麼回事。

我感覺那更像是鬆了一口氣的心情。

這傢伙到底有多少傷心事？嚴重到想「放長假」。

「其實你舊傷一復發，就可以退出……不用等到現在的。」如果是那樣，傷害他的人或許就不會以他爲目標了，即便我很清楚，大家都不希望決賽隊伍裡少了他。

「的確如此，不過對我來說沒差，反正結論都是不能參加。」他聲音有些含糊，像個打盹的人正說著夢話，「老實說還挺矛盾的，我一方面想撐過決賽，另一方面又想休息，還有，我希望我父母來，但又不希望。」

我凝視著他，認眞問：「需要幫你轉診到精神科嗎？」

他錯愕了一陣子才爽朗地笑出聲，見到他的笑，我心裡的罪惡感稍微減輕。

「想比賽又想休息，可能是因爲壓力大，這樣的矛盾我能理解，但你希望父母來，又不希望，這我就不懂了。」趁著現在病房裡只有我和他，感覺是個八卦的好機會。

後來簡穆宇用夢話般的口吻，告訴我他的過去。

他說自己小學三年級的時候就去了韓國，一連十年的時間都在最嚴格的訓練下成長。在韓國的第三年，他變得不太愛笑；第五年，他開始學老師嚴格的態度去對待新來的學員；第八年，他成了最出類拔萃的訓練生，可是身邊再也沒有朋友。

「到後來，壓力變得很大……大到我幾乎忘記自己有多喜歡跳舞。」他說。

那是從小到大對一切逆來順受的他第一次求自己的父母，拜託他們讓他回台灣生活，但也因爲如此，回來之後，不管是社團、教課、編舞、進修……他一樣也不敢鬆懈，生怕再次讓父母失望，尤其當父母都是舞者時，對他的期望自然也特別高。

原來，在我眼中已堪稱完人的簡穆宇，在他爸媽眼中可能永遠都不夠好。

「我之所以放任舊傷復發，其實還有個很幼稚的理由，」簡穆宇聳聳肩，看著我的表情有一點俏皮，「就是想引起我爸媽的注意，看他們會不會飛回來。」

一向成熟到超凡入聖的簡穆宇突然說出這麼孩子氣的話……我感覺心癢癢的。

「那你爲什麼又說不希望他們回來？」我問。

「因爲他們一旦爲了我拋下工作，就代表我搞砸了，而且還不是一般的搞砸……我怕他們會失望。」他這麼說，讓我第一次覺得他是個和我同齡的普通人，而不是那個心智、舞技都超齡到令人難以接近的簡穆宇，「我不是跟妳說過，身為一個舞者，不管是什麼原因，讓自己受傷都是不可原諒的嗎？這話就是我爸媽告訴我的。」

「那你還受傷。」我小聲嘀咕，但還是被他聽到了，「雖然是有人要害你……」

「我已經盡力把傷害降到最低了，」簡穆宇望著自己身上滿滿的紗布，「不過結果都一樣，他們不會為了這種事飛回來看我，四年前是這樣，這次也是。」

四年前，簡穆宇在韓國習舞的生涯中第一次受了嚴重的傷。

平時不過是練舞時無法避免的碰撞和扭傷，可那一次他未能及時察覺動作已經超出負荷，而硬著頭皮做的下場就是韌帶撕裂，和這次一樣，他住院且暫停練習，也通知了父母，然而他們並沒有去探望他。

「說真的，當時受的傷並沒有多痛、多嚴重，」簡穆宇的聲音變小，有點像是自言自語，「我其實就只是……很想見他們一面。」

我突然覺得心臟好痛，甚至感覺身體的其他部分也在發疼。

這種痛一陣一陣的，直到當晚我躺在床上，即便簡穆宇不在我面前，但只要一想起他說過的話，疼痛感就會以十倍的威力襲來。

我徹夜難眠。

仔細想想，簡穆宇的心願很簡單，一是希望父母能回來看他，二是壓力大想休息，既然前者我幫不上忙，就只能想辦法在他休養期間替他顧好社團、帶好比賽。

我本來以爲這件事很簡單，直到隔天的團練時間一個二年級的男舞社員當著所有人的面把退社申請單遞給我。

事情發生在團練結束後。

我和幾個比較有想法的社員花了一整晚的時間，將少了簡穆宇的隊形和舞蹈修改好，但這支舞少了簡穆宇，就像韓式料理少了泡菜，怎麼改都不對。

在距離決賽僅剩兩週的團練日，我們陷入瓶頸。

而此時居然又來了張退社申請單，好像是嫌我們還不夠慘似的。

我不知所措地看著眼前拿著單子的人，「你要退社？」

他點頭，很坦白地告訴我：「主將受傷，大專盃大概也沒希望了……我想趁現在加入前途比較光明的社團，比如說西音社什麼的。」

我瞇起眼，打量他半天。

印象中，這人舞技普通，也不怎麼勤於練習，會加入舞社似乎也只是因爲「會跳舞」聽起來很帥，如今舞社落魄，他想退出也是正常的。

我佩服他的直接了當，只是……

「嗯，祝福你。」我說，但沒有伸手接過他的申請單，「可是這單子不應該拿給我。」

如今簡穆宇住院，在男舞沒有負責人的情況下，段淳雅應該是唯一有權力簽退社申請單的人，此時她正坐在舞台邊和其他女舞社員閒聊，我使了個眼色，暗示他去找她。

那人卻搖頭，「社長說妳是他的指定代理人，學校只認妳的簽字。」

我傻傻地瞪著他，沉默了有十秒之久。

指定代理人是啥東西？

簡穆宇居然把這麼爛的差事交到我頭上，讓我替他接管男舞？

恍惚中，我替那人簽了申請單，然後立馬傳訊息質問事主，不過簡穆宇沒有馬上回我，怕打擾他休息，我也沒敢再傳。總的來說，我和他也算是滿有默契的……我正想著該如何替他分憂，他就把權力交給我了。

簡穆宇一直到凌晨十二點左右才回覆，對於指定代理人一事隻字不提，只回了句「晚安」，外加一個挺礙眼的微笑表情：＞＿＞。

要是別人這麼裝瘋賣傻，我肯定白眼翻兩圈，可不知道為什麼，對象一換成簡穆宇，我就只剩下傻笑的份，覺得現在的他莫名可愛。

然而他可愛歸可愛，仍舊阻止不了舞社在他受傷後，一步步往谷底發展的頹勢。

那位男舞社員的退社申請單遞交出去的兩天後，舞社收到一份學校公文，內文大致上是對舞社的現況提出警告，裡面寫明舞社目前的社員數量已經低於最低標準，如果九月的招生不能補足名額，就會遭到廢社處分，這消息對現在的我們來說無疑是雪上加霜。

這期間小夏因爲腿傷復發的關係一直沒有來教課，而段淳雅空有個女舞社長的名號，對現況能帶來的幫助並不大，在簡穆宇受傷後，她似乎也呈現半放棄狀態，只是礙於身分不好表現得太明顯，再加上簡穆宇指定我做他代理人的消息傳遍舞社後，大家都指望我能想出個好辦法來拯救舞社，好像我是阿不思・鄧不利多，再絕望的情形都能順利解決。

可惜我不是，我充其量只是小天狼星・布萊克，忠誠、正直是我最大的優點，但死了就是死了，我也沒辦法奇蹟地讓自己復活。

誰都沒辦法。

時間一分一秒流逝，在大家的期望中我愈來愈焦慮。

然而愈是焦慮，就愈無法冷靜思考，反而讓腦子裡充斥各種負面能量，「乾脆放棄吧」這樣的想法幾度占據我的思緒，可我硬是死撐著，終究沒有妥協。

我不想讓簡穆宇失望。

這天放學，我按照老金的建議，帶了些對復原傷勢有益的食物去探望簡穆宇，除了想刷刷存在感外，也想詢問他對現況的建議，只是當我來到病房前，卻從那扇半掩的門後聽到一些聲音。

我下意識停下腳步。

裡面的聲音是談話聲，而且氣氛很是歡快和樂。

其中有一道嗓音聽起來很耳熟。

「我爸媽剛好都在國內，一聽說你受傷了，便急著要我帶他們來看你。」尖尖細細的、有些發抖的聲音，除了她還能是誰呢？「希望沒有打擾到你休息。」

「小簡，你不要擔心，我和你父母都很熟，這幾年在國外巡演時也經常碰面。」一個中年婦人的聲音插進來，「我幫你跟他們說一聲，他們肯定兩、三天內就趕回來了。」

「對呀小簡，你別怪他們，」另一個成熟男子的嗓音也加入談話，「他們長年在國外當舞者，跟我們這種偶爾才出去巡演一次的畢竟不一樣，沒那麼容易抽身。」

「我知道，謝謝伯父伯母。」最後才是簡穆宇淡然的聲音。

我腦子裡一片空白。

徐思穎和她的父母現在就在簡穆宇的病房裡。

聽起來她父母和簡穆宇的爸媽很熟，而且簡穆宇受傷住院後，連他自己要點小任性都喊不回來的爸媽，居然只要徐思穎父母的一句話就會回來？

我看著手上的提袋，裡面只裝著水果和營養品……我忽然不明白自己來這兒的意義。

別人有最優秀的家世背景，幾句話就能實現簡穆宇希望爸媽飛回來的心願，而我呢？

連替他顧好社團都做不到，還要麻煩休養中的他替我做主……最沒用也不過如此了吧？

我把那袋食物輕輕掛在門把上，當作自己沒來過一樣地離開了。

第八章　要跳舞就給我談戀愛

以前我不明白失戀的感覺，不過我覺得跟現在的心情挺像的。

從醫院離開後，我殺到小丹家，結果她還在打工沒有下班，小丹的媽媽親切地招呼我進去她房裡等，又送了一盤水果和一杯牛奶過來，讓我邊吃邊等小丹回家，我作勢叉起一塊蘋果，但在小丹的媽媽關上房門的那一秒立刻放下，臉上的笑容也瞬間消失。

在簡穆宇的病房聽見徐思穎聲音的記憶像蟲一樣爬在我身上，怎樣也甩不掉。

我不知道自己發了多久的呆，直到聽見小丹回來的聲音才回過神，此時桌上的蘋果已經氧化了。

小丹似乎一點也不訝異見到我出現在她房間，也許是她媽媽告訴她了，又或者是進門的時候看到我的鞋子猜到了。總之，一進房間，她就露出最無害、最親切，也是我專屬的那種微笑，我想到她打了一個晚上的工肯定也很累，卻還要花心思安慰我，頓時覺得有點慚愧。

心情很複雜，也很想哭，可我終究沒哭出來。

這眼淚總是該來的時候不來，不該來的時候又失控。

「小丹……」我見到她放下背包，絲毫不介意地叉了塊氧化的蘋果吃，心裡更慚愧了，「我好像……失戀了。」

小丹咀嚼的動作突然停下，她瞠目結舌地看著我。

「靜敏，妳什麼時候告白的？」她扔下叉子，抓住我的雙肩猛力搖晃。奇怪，她小小的身體哪來這麼大的力量？「妳怎麼都沒跟我說？他拒絕妳了嗎？他是怎麼說的？」

聽到小丹的連環問句，我才忽然意識到開學後我忙著準備大專盃決賽，已經很久沒向她更新我的近況，所以她不知道我爭取開場舞的坎坷、不知道社員爲了幫我慶生把我關在休息室，還有個想害我的人故意熄了燈、不知道簡穆宇落單的時候被人暗算受了傷，更不知道我晚上去探望簡穆宇時，在他病房裡發現了誰。

我只好再花了點時間把這些事情告訴她，好讓她能理解我現在的心情，然而小丹愈聽，表情愈呆滯，她想安慰我幾句，卻好像有點力不從心。

「可是靜敏……妳又還沒告白，怎麼能算失戀呢？」她支吾很久後，丟出了這個疑問。

我悲從中來地瞅著她。

「難道妳不懂我迂迴的心情嗎？」我拽著假哭的腔調開始演歌仔戲，「難道妳看不出來徐思穎的家世和簡穆宇簡直一配，才算得上是天造地設嗎？」

雖然是用開玩笑的語氣說出這段話，但我曾聽別人說過，只有不敢說的眞心話才會用開玩笑的方式說出口……我想自己多少也有點這樣的心情吧。

畢竟這是一直以來，我覺得自己和簡穆宇最大的差距。

「嗯？所以呢？」小丹學我盤腿坐在床邊，「簡穆宇有說他喜歡徐思穎嗎？」

「是沒有，可是——」

「那就對啦，」小丹難得粗暴地打斷我說話，「靜敏，在妳腦子裡有那些胡鬧的念頭之前，是不是也該考慮一下簡穆宇的意願？」

「……啊？」簡穆宇的意願？啥鬼？

小丹將整盤氧化的蘋果端來放到腿上。

「我知道妳一直很介意出身這件事——妳先不要急著否認。」我正打算反駁，卻被她阻止，「旁觀者清，我一直都有在觀察妳，儘管妳經常表現得很好勝、不怕競爭的樣子，但每次比賽只要一碰到徐思穎，妳就先在心裡把自己矮化一截了，因爲妳覺得她在起跑點上就已經贏過妳……妳幾乎每一次都是因爲這個想法影響到比賽表現才輸的，妳自己說是不是？」

按照我們正在爭論的內容和節奏來看，我應該大喊：「才不是！」

可是我喊不出口，只能瞪著小丹，瞪到我眼睛痛爲止。

因爲她說的完全正確。

我經常在有徐思穎參加的比賽中，由於自卑而沒能發揮眞正的實力，每次都是這樣，久而久之，潛意識裡就有個聲音不斷告訴我：妳看，人家爸媽這麼厲害，妳輸也是正常的。

到後來這成了我的心魔，嘴上總說我想贏，其實心裡一直覺得自己不會贏。這是我內心深處的祕密，從來沒和任何人討論過。

我對小丹敏銳的眼神和觀察力感到驚訝，不過因爲她是我最好的朋友，所以我一點也不感到難爲情，反而有股鬆口氣的感覺。

自己說不出口的話，有個洞察一切的好朋友幫我說出口，也是件好事。

我嘆口氣，隨手叉了塊蘋果塞進嘴裡，「小丹，我一直覺得妳沒什麼攻擊性，沒想到妳會這樣拆穿我……」

她大概以爲傷到我的心了，馬上扔下蘋果抱住我，「我這哪是拆穿妳呀，我是想幫妳！」

我大笑，瞬間覺得心情好多了。

「所以呀靜敏，不要去想那些附加條件。」小丹最後下了個結論，「當初發現自己喜歡上社長的時候，妳一心想著要怎麼做才能讓他也喜歡妳……那時的率眞不是很好嗎？雖然告白之後也有可能會被拒絕，但妳不要在他拒絕妳之前，就先拒絕妳自己呀。」

聽著有點拗口，我卻頗有感觸。

那天晚上我睡在小丹家。

兩個人擠在一張單人床上的感覺，好像回到小時候不顧爸媽勸告，硬是蓋棉被聊天聊到深夜的日子，可惜我們的體力都不如從前，她打工累、我練舞累，兩個人一下子就去找周公了。

半夜，手機的震動聲把我吵醒。

我先是瞄了一眼小丹，她仍在熟睡，又瞄了眼時鐘，嗯，凌晨一點多，最後再看向手機螢幕上的來電……嗯？簡穆宇？

簡穆宇爲什麼大半夜不睡覺，打電話給我？

怕吵醒小丹，我走出房門才接起電話。

「喂？」

他的聲音在安靜的夜裡顯得特別磁性，「半個小時後，森森幼稚園的門口見。」

而我連一句「什麼」都還沒來得及問出口，他就把電話掛了。

我的腦袋裡瞬間充滿問號。

簡穆宇能走動了？他要如何從醫院到目的地？爲什麼是這個時間點？還有……

爲什麼這麼巧，剛好是我讀的幼稚園？

森森幼稚園離我家很近，離小丹家也不算太遠，雖然這個時間已經沒有捷運，但走路也只要十五分鐘就能到，我稍微整理了一下儀容，既喜悅又擔憂地頂了張大素顏出門了……喜悅是因爲能見他一面，擔憂則是因爲不知道他能否毫髮無傷地抵達目的地。

簡穆宇也眞奇怪，要見面爲什麼不在醫院見就好了，非要跑到外面來。

本來我應該回撥電話，很霸氣地告訴他：「你別動，給我乖乖躺在你的病床上，姊現在立刻飛過去找你。」可是我沒有，因爲「森森幼稚園」這五個字勾起了我的好奇心，我想知道他爲什麼要約在那裡。

森森幼稚園的占地比一般幼稚園更大，因爲設有諸如美術、舞蹈、英語、音樂等才藝專班，所以班級數多、學員也多，腹地自然比較大，很少有幼稚園是五、六層樓高的平房，但森森幼稚園就是。

我到的時候，簡穆宇已經在門口的長椅上等我了。

「你能走了？」我仔細打量他，他似乎什麼輔助工具也沒帶。

「可以，只是有點慢。」他挑了挑眉，並拍拍他身邊的位子，這動作對我產生一種制約，我連一秒的遲疑都沒有，乖乖走過去坐下。

「其實我可以去醫院找你，」我小聲埋怨，「幹麼非要走那麼遠出來——」

他淺笑著打斷我，「我坐計程車來的。」

我愣了幾秒，咕噥一聲：「好，就你有錢。」

深夜，路上幾乎沒有車。

長椅附近有幾棵大樹圍繞著我們，除了風吹動樹葉的沙沙聲外，靜得只能聽見自己的心跳聲。我望著許久不曾來過的森森幼稚園大門，門旁的布告欄依舊和當年一樣貼滿學員的作品和獎狀，一眨眼居然已經過了十幾年，布告欄裡的那些學員跟我也都有了十幾歲的年齡差距。

歲月……不饒人啊。

我轉頭看著簡穆宇，「不過這裡你很熟嗎？爲什麼約在這？」

簡穆宇卻用「妳竟然不知道」的表情瞅著我，但就算他這樣看我，我也參不透他眼神裡那些複雜的情緒……敢情我應該知道他和森森幼稚園的淵源嗎？

見我呆愣得快石化，簡穆宇從口袋掏出皮夾遞給我。

好，所以現在是我沒搞懂，他要拿錢打發我走是嗎？我愣愣地接過，把皮夾打開。

大部分的皮夾通常都會有一格可以用來放照片的透明夾層，簡穆宇的皮夾也有，我就著路燈的燈光定睛一看，忍不住震驚了。

這、這、這……這張幼稚園的畢業班級合照怎麼可以如此眼熟？

「你、你……」由於實在太震驚，我的舌頭直接九彎十八拐，打了一個結，「你的皮夾裡爲什麼有我和徐思穎的畢業照？」

簡穆宇輕笑，「那是我的畢業照。」

我整個人僵住，「……你在跟我開玩笑吧？」

「我爲什麼要這麼做？」他突然湊近我身邊，右手食指按在照片的一角，「這是我。」

照片裡，他指的那個孩子站在邊角一個不起眼的位置上，長得也不怎麼起眼。

我觀察了老半天，他的確有點像簡穆宇，但我對這孩子的記憶是……一片空白！

我眞的跟他同班過嗎？爲什麼我不記得曾經和他有過什麼互動？

我決定質疑簡穆宇：「照片這麼模糊，而且說實話，我記得的同學不多，你隨便指一個人說是你，我也不知道是不是眞的。」

「呀，姚靜敏妳好多疑。」他搶回皮夾，默默回憶了片刻，道：「幼稚園開學的第一天，班上有個男生只要一放開媽媽的手就大哭，媽媽回去之後，他窩在角落哭了一個上午，妳嫌吵把他罵了一頓，他才不哭的，妳還記得嗎？」

呃……這個detail連我這當事人都沒記得那麼清楚，簡穆宇是通靈嗎？

我驚呆了，「你、你怎麼知道？」

他嘆了口氣，很無奈地解答：「因爲那個男生就是我。」

咦？什麼情況？

我嘗試穿越十幾年的記憶，回想當時的畫面。嗯，好像的確有這麼一個人，但我很難相信他就是簡穆宇，因爲……

在我記憶中，那傢伙沒有一刻不是在哭的，我甚至不記得他不哭的時候是什麼樣子。

我結結巴巴道：「你、你以前不是長這樣的。」

結果被簡穆宇瞪了一眼，「難道妳小時候長得跟現在一樣？」

「是不一樣，可……可我還是不相信你。」我低聲嘟囔，怎樣也無法相信那時候的愛哭鬼會是我眼前的這個人，就算他要男大十八變，也不是這種變法吧？

簡穆宇被我質疑得無奈極了，開始用背書似的口吻念道：「妳午休的睡袋是米妮圖案；妳最喜歡的點心是雞塊，喜歡到連番茄醬都會吃完；妳討厭基礎芭蕾舞課，因爲大腿會很痛；有一次吃點心時，妳不小心把電子雞丟進玉米濃湯裡，後來電子雞壞了，妳哭了整整一個星期；畢業公演時妳因爲拿到不喜歡的角色，所以從頭到尾都在敷衍亂跳……」

「等一下，」我制止他的滔滔不絕，臉頰有些燥熱，「這些事有的連我自己都不記得了，爲什麼你卻連枝微末節都沒忘，你確定你是跟我同班，而不是找徵信社查我嗎？」

「……還有，妳怕黑，有次上廁所被人關了燈，妳哭得跟天塌下來似的。」

「好，夠了。」往事一件件襲來令我有點暈眩，爲了不讓簡穆宇繼續回憶我童年的各種蠢事，我認輸道：「你贏了，我相信你是我幼稚園的同學，這樣可以了吧？」

他看起來還是有點不滿，「如果妳早點相信，我也不用說這麼多。」

我無語，最好是相隔十幾年沒見，突然跟我說是我的幼稚園同學，我能馬上相信喔。

「所以你今天約我來這，就是想跟我說這件事？」我問，然後又想起另一個疑點，「你第一次見到我時就知道了嗎？大一下學期末在社辦見面的那天？」

第一次在社辦見到他，他威風地在眾人爭吵不休時，覆蓋了一紙公文結束整個回合。直到現在，我依舊忘不了他出現在社辦門口，背著光如同救世主降生的樣子。

「沒有，是在老金教室，我不小心把儲藏室電燈關掉的那天。」他歪著頭，跟我一樣陷入回憶，那樣子有點可愛，「因爲我很少遇到這麼怕黑的人，除了幼稚園的姚靜敏之外，就只有妳了。」

嘿，最好，講得好像我和幼稚園的姚靜敏不是同一個人似的。

事情的來龍去脈這麼一串，一切瞬間合理了，還解開了我一直以來的疑問。

「所以，」腦子裡像是接通了線路，我大叫出聲：「當時我藏的照片是你的！尋寶大賽的時候，帶畢業照來的不是徐思穎，而是你！」

他又是一臉「妳怎麼這麼遲鈍」的表情。

我就說嘛，徐思穎沒事幹麼隨身攜帶幼稚園的畢業照？

可縱使所有的疑問都被解答，我還是覺得挺衝擊的。

居然有個早就認識我的人，默默在我身邊觀察我這麼久，而我現在才知道！好變態、好恐怖、好……

好溫馨喔。

雖然知道的時候很驚訝，但隨後想起自己和簡穆宇多了一層幼稚園同學的關係，心情不禁雀躍了起來，儘管又馬上想起和他有這層關係的不只我一個，還有徐思穎，好心情瞬間蕩然無存。

喜歡一個人難道就是這樣？拚命在對方身上尋找共通點，並希望那是自己專屬的。

不過話說回來，既然徐思穎不該沒事把幼稚園畢業照帶在身上，那簡穆宇又爲什麼會隨身攜帶？想到這，我忍不住問他，想知道幼稚園畢業照對他來說，是不是有什麼特殊意義。

「可能是因爲……」他仰著頭，我看不清楚他的表情，「那時候很開心？」

「很開心？」我不敢置信他居然用了這個形容詞，「你一個星期七天要哭八天，一天二十四小時要哭二十五個小時，這樣叫很開心？」

這傢伙以前是個水做的小子，只要有一點不順心就大哭，我不知道爲此罵過他多少次，後來他還因爲太愛哭，老是被同學欺負。

「喔，我說的是跳舞的部分。」他解釋，嘴角帶著淺淺的笑，「好像只有那時候跳舞沒有任何目的，只是出於喜歡才跳的。」

言下之意，現在的他不是因爲喜歡才跳的？

很好，氣氛又開始無比沉重，而這偏偏是我最不會應付的狀況，我根本不會安慰人，只會潑冷水，如果簡穆宇是爲了讓我不知所措才說出這番話，那他成功了。

「對了，我有事要問妳。」幾秒鐘後，他故作若無其事地低頭看我，「都怪妳，東扯西扯害我差點忘了正經事。」

「欸欸欸，飯可以亂吃，話可不能亂說——」

「妳今天是不是來過？」

我心下一驚，決定裝傻，「來過哪？」

「醫院。」奇怪，爲什麼簡穆宇這麼肯定我去過？「妳送的東西我收到了，不過既然來了，爲什麼不進來打聲招呼？」

他話說得這麼白，我也不好再隱瞞……全部。

「喔，因爲……」我在腦子裡拚命搜索藉口，「突然想到有點急事。」

嗯，撒這點程度的小謊應該不會下地獄吧？

簡穆宇一臉不滿地瞅了我一會兒，篤定道：「妳說謊。」

「嗯？」我繼續裝傻。

於是我看他，他看我，我們的對望產生了一點火藥味。

「妳是因爲看到徐思穎和她爸媽才走的，對吧？」

我被堵得說不出話來，這傢伙眞的沒有找徵信社查我嗎？

「妳在門口偷聽我們說話，聽了兩句就跑，而且一臉要回家哭的表情，」簡穆宇就跟剝洋蔥一樣，把我的僞裝一層層扒開，並在最後一刻攻擊我的要害，「姚靜敏，妳是不是喜歡我？」

我全身的血液瞬間集中到臉上，如果不是臉皮厚，現在大概已經在冒煙了。

套路啊！簡穆宇這一段的鋪陳完全就是套路來著！我爲什麼會無知無覺就跌進去了？

這下子我說是也不對，說不是也不對，但這種時候保持沉默更不對，好在每每遇到難以表態的窘境，我還有逃跑這一招，就跟孩提時期玩決鬥遊戲經常逃跑一樣，我一聲不吭，站起來就想跑。

可惜簡穆宇精得跟什麼似的，早就預料到我會逃跑，在我起身的那一刻立刻握住我的手。

對，不是抓住手臂或手腕，他是握住我、的、手。

「不回答問題，妳要去哪？」他說，然後把我拉回原位坐好。

他在笑，而且笑得很開心，深邃的眼如同一汪深湖，我覺得自己隨時會跌進去。

這一跌……肯定萬劫不復。

而他還在等我的答案。

我想起小丹告訴過我，在簡穆宇還沒拒絕我之前，不要先拒絕自己，也許現在告白是個不錯的時機？就算眞領了好人卡，好歹我也能少糾結幾天，死得更痛快點。

「我還在努力，」於是我低下頭，不敢直視他那彷彿要把我靈魂蒸發掉的眼神，「努力不要喜歡你。」

但你的所作所爲讓這件事變得異常困難啊啊啊啊——

「喔？爲什麼？」他半是不解，半是不服氣，「我很差嗎？」

我瞪他一眼，你說自己很差，是把我們這些路人當成渣嗎？

「不是你很差，」我深吸一口氣，因爲即將吐出眞心話，胸口一陣滯悶，「是我不夠好。」

與他相比，我家世不好、受過的訓練沒他紮實、看待跳舞的心態沒他正確，甚至對跳舞的熱情都沒他濃厚，這樣的我有什麼資格讓他喜歡呢？

簡穆宇聽完我的話，打量了我許久，然後點點頭，「嗯，的確如此。」

聽到他的回答，心臟傳來一股撕裂般的疼痛，我閉上眼，不想再聽下去。

「妳的柔軟度有待加強，我本來打算放完長假後替妳特訓的，」他說，用一種談論天氣的口吻，「不過除了柔軟度，還有別的？」

我被嚇呆了，無言地看著他。

在他心裡，我居然只是柔軟度不夠好？

那我一開始被罵到耳朵長繭是長心酸的嗎？

「當然有，」我忽然想起今天放學去醫院的原因，也回憶起自己的無能，「我沒領導能力，沒辦法幫你顧好舞社……我覺得自己挺沒用的。」

這大概是我覺得最對不起他的地方。

爲了不讓父母失望，從一開始他就很努力在帶領舞社，如今他把這個重責大任交給我，我卻根本顧不好舞社，既不能取悅他，又不能替他分憂，我不知道自己還能爲他做些什麼。

「有啊，妳還是有用的，」簡穆宇煞有其事地說：「妳可以……陪我吃飯。」

好，很好。我懷疑簡穆宇說這句話是爲了安慰我，但老實說，我完全沒有被安慰到的感覺。

「我就沒別的優點可以說了是不是？」沒好氣地拍了他一下，卻看見他吃痛地抱住左臂。

夭壽！我忘記這傢伙是傷患了。

「你、你……你有沒有怎麼樣？」我急得語無倫次，馬上靠過去，「對不起。」

我將全副心力放在檢查他的傷口上，並試圖拉開他抱住自己的右手，完全沒想到簡穆宇會趁這個時候把我拉進他懷裡。

對，不是在作夢，我現在被他抱著，很紮實地抱著。

我的耳根發燙，心跳速度也即將衝破負荷極限，臉靠在他肩上，左臉頰還能清楚感受到他脖子上動脈的跳動跟我的心跳呈現完美的反差，他的心跳一下一下的，很緩慢，也很穩定。

這、不、公、平！

憑什麼這傢伙抱著我的時候可以這麼冷靜，我卻像個沒見過世面的蠢蛋?why?

「謝謝妳，」他的聲音在我耳邊響起，「沒有放棄跳舞。」

「啊？」我一頭霧水，「你在說什麼？」

「剛從韓國回來的那陣子是我人生最低潮的時期，因爲不想再讓爸媽失望，所以接手舞社後，我很急著想要有所作爲，偏偏舞社的狀況正差，我每天都很焦慮。」簡穆宇的下巴正好抵在我肩上，讓我有了成爲他的依靠的錯覺，於是動也不敢動，「而妳，不但是我的舊識，個性還特別不安分……所以只能委屈妳當了一個學期的箭靶。」

聽著聽著，我忍不住插嘴：「你確定是箭靶，不是砲灰？」

按照他以前罵人的凶狠模樣，我沒對天發誓此生再也不跳舞就已經很不容易了。

「所以才要謝謝妳，都成砲灰了還是沒放棄跳舞。」他輕笑，我感覺到他胸膛傳來的震動，「心甘情願的堅持和不得不繼續下去的堅持，終究還是不一樣的，妳比我們這些名門出身的孩子堅強多了。」

等等，我現在是從簡穆宇口中聽到誇獎嗎？

他竟然會說出這種充滿正面能量的話，好不像他。

我推開他，不顧臉上的燥熱，「哎呀，明明在檢查傷口，你這是在做什麼？」

「可是沒有傷口呀，」他右手一攤，很欠揍地指著左肩，我仔細打量，還眞的沒找到包紮過的痕跡，「剛才是騙妳的。」

我發誓我的拳頭已經掄緊，只要出手就一定可以揍飛他。

但瞅著簡穆宇除了左肩以外布滿傷口的身體，這氣怎樣也生不起來。

對，這就是我的要害，我的要害就是有關簡穆宇的任何事。

「勸你不要再拿這種事開玩笑，」我咬牙切齒地說：「不然我不介意讓你身上再多個傷口。」

……寶寶介意，可是寶寶不說。

簡穆宇見我的怒氣一路從想打人，最後濃縮成一個白眼，他樂歪了。

一種弱點被人抓到的不快感在我腦中橫衝直撞，尤其是當對方笑得如此開心的時候。

「簡穆宇，你現在很奇怪，你知道嗎？」我瞪著他，模仿他嚴肅到不行的口氣，「從我認識你到現在，你笑的都沒有這幾天多……你是住院住壞腦子了？」

「如果妳跟我一樣，本來是個轉個不停的齒輪，有天突然被迫進場維修，妳也會很想笑。」他露出一個過來人的老成表情，「現在不管是教課、進修、社團還是練舞，全部都被迫停擺，我才發現原來一天有這麼多時間……人果然還是不能有太大的壓力。」

「所以你現在就把你的壓力轉嫁給我？」我帶點譴責意味地看著他，「託你的福，現在換我壓力大了，剩不到十天就要比賽，你說怎麼辦？」

「嗯……」簡穆宇沉吟了一陣，煞有其事道：「英國研究顯示，適當的獎勵能讓人在壓力中發揮更大的能力，並使人在任務完成後更加放鬆。」

「喔，所以呢？」這人真的很喜歡文不對題耶。

「所以，我決定給妳一點獎勵，來激發妳的潛能。」

這傢伙到底想幹什麼？我真的愈來愈疑惑了。

「……什麼獎勵？」

「如果妳帶隊把大專盃的冠軍贏回來，就……」他作勢苦苦思索。

「就怎樣？」

「就做我的女朋友吧。」

……啊？

♪

事後回想起來，怎麼想都是我吃了大虧啊。

首先，他用這件事當作比賽的賭注，那要是我帶贏了，豈不是顯得我很想當他女朋友？雖然我的確很想，但好歹留點矜持的空間給我呀，我的面子也是很重要的好嘛；再者，仔細探究簡穆宇下這賭注背後的意思，不就是他也喜歡我嗎？可是換成這種形式，好像他的喜歡只是種施捨，爲了大專盃奪冠而不得不成全我……他到底是有多希望舞社奪冠？爲了冠軍竟可以犧牲至此。

唉，簡穆宇眞的喜歡我嗎？

「靜敏，人到齊了。」段淳雅的聲音打斷我的思考，我回過神。

社員們已經按照我的意思全部集合好，我跳下活動中心的舞台，「那開始吧。」

開始我這幾天一直不願意面對的，少了簡穆宇的大專盃決賽。

首先要做的是調整編舞和隊形，這個責任現在落在我身上，不過在著手調整之前，我還有件事情要先做，我走到社員面前，一個個和他們對上眼。

「這幾天我認眞想過了，基本上開場舞剩我一個人跳沒問題，」我故作輕鬆地宣布，「至於後面的三段群舞，待會我會把簡穆宇的獨舞分配下去，然後我們再調整一下隊形，OK嗎？」

我話才剛說完，就有社員舉手，「可是我們……會不會撐不起社長獨舞的段落……」

面對質疑的聲音，我早有心理準備。

「我懂、我懂，」我擺出一副無所謂的樣子，雙手一攤，「我知道你們都很自卑，覺得自己無法取代簡穆宇，而你們也的確不能，但我沒要你們取代他啊，你們做自己就行了。」

幾個社員面面相覷，似乎仍有些膽怯。

「簡單來說，盡全力就對了。」看他們這樣，我只好繼續補充：「不要去想自己沒有簡穆宇跳得好……大專盃決賽的評審沒看過有他的版本，所以根本無從比較，你們徹底發揮自己的實力，就會是最精彩的比賽了。」

社員們花了點時間思考我說的話，終於恢復了點信心。

原來我也是會說大道理的嘛，比之簡穆宇也沒有差到哪裡去。

好不容易把氣氛弄得比較活絡、不沉重，我讓大家坐下，聽我分配新的編舞。

「你們也知道我這人很怕麻煩，再加上我想記取過去的教訓……」是的，調整編舞這件事讓我想起高中那時的啦啦隊比賽，這一次，我決定不再鐵齒，「所以關於編舞和隊形的調整，我們一切從簡。」

許汦載舉手，露出不懷好意的笑，「一切從簡……穆宇嗎？」

幾個知道內情的社員立刻露出曖昧的表情，我由衷希望我的臉沒有變紅。

「……你給我閉嘴。」我忿忿罵了一句後，裝傻著和大家討論起隊形的改動。

我們把花俏和太注重個人炫技的部分減少，花更多心力去雕琢群舞的整齊度，以求比賽時能做到震撼的視覺效果，即便是簡單的動作，只要足夠整齊也是能堆疊出氣勢的，這一點我現在深信不疑。

這一天，把大家從裡到外，也就是從心理狀態到編舞狀態全部整理過一遍後，我可以明顯感受到整體氛圍的不同，社員們的信心似乎補足了，練習的態度也不消極了，按照這個步調繼續調整和練習，相信比賽當天大家的狀態都會很好。

也許少了簡穆宇，我們的表演真的會失色很多，但只要盡自己最大的努力，成果肯定不會背叛我們，我這麼告訴社員們，自己也由衷地相信著。

我真是一個充滿正面能量又優秀的代理社長。嗯，這是老王賣瓜的時間沒錯。

今天又輪到我整理休息室了。

鑑於上次被關在休息室又被熄燈的慘況，我特地和段淳雅要了鑰匙放在身上，假設又遇到意外，起碼還可以從裡面把門打開。

社員們都去更衣後，我開始整理場地，奇怪的是，明明活動中心裡只剩下我一個人，我卻一直覺得不自在，好像有誰正盯著我看，可是回頭看了一圈，偌大的活動中心裡空蕩蕩的，一個人的影子也沒有。

是我多疑了嗎？因爲前後遭遇熄燈和簡穆宇受傷的事？我聳聳肩，繼續手上的工作。

沒過多久，我身後又有了動靜，這一次，我確實聽見背後有人在移動的聲音。

我突然想起簡穆宇交代過我的：不要落單。

我現在這狀況不就是標準的落單嗎？

又是一陣微弱的窸窣聲響，比剛才又更近了一點。

我心裡混合了緊張和害怕，但更多的是好奇，這些複雜的情緒促使我裝作沒聽到聲音，想看看對方到底打算做什麼。

幾秒鐘後，我明確感受到有人在我背後，我本想馬上轉身看清那人的眞面目，卻害怕對方被我驚動，掉頭就跑，只好不動聲色。

如果他是傷害簡穆宇的兇手，我說什麼也要抓到他。

我保持警戒，繼續手上掃地的動作，突然有隻手從我的右肩上繞過脖子，手中還握著一把美工刀。

幾乎是反射性地往左邊一閃，我扔掉掃把，抓住來者的右臂，接著整個人往後撞，抵住他的胸口後，借力將他往前摔了出去。

那人的體重比我想像的輕，不過落地時還是發出響亮而沉悶的聲響。

把他摔出去的過程中，我的頸側傳來一陣疼痛，似乎是被美工刀劃傷了，我不敢鬆手，怕摔得不夠重對方會逃跑，或更甚者又站起來繼續行凶，畢竟他手上有武器，我死命抓著他的手腕，將他面朝下壓制在地，然後整個人騎在他背上，拍掉美工刀後再用腿壓住他的手，以防他又做出什麼危險的事。

確定那人逃不了後，我開始確認他的身分。

他身形嬌小，穿得一身黑，連戴著的帽子和口罩都是黑色的，我扯掉他的帽子，意外看見一頭長直髮，而此時他還在拚命掙扎，試著伸手去抓被我扔到一邊的美工刀。

這美工刀……不就是當初徐思穎的表演服被割破時，栽贓到我褲子口袋裡的那一把嗎？

回想起那件事，我的火氣就忍不住上來了，我把美工刀踢遠，粗暴地揭下那人的口罩，口罩下的臉卻是我作夢也沒想過的。

是小夏。

被揭下口罩後像是解除了什麼封印一樣，她開始拚命扭動想掙脫我的禁錮，嘴裡還不時尖叫著說一些我聽不懂的話，我一方面感到震驚，一方面也不敢鬆懈，用盡全力抓住她的雙手，好在過沒多久，社員們回來了，見到我和尖叫著被壓制在地上的小夏都傻了眼。

段淳雅跑過來，看見地板上的美工刀後馬上止住腳步，接著指著我脖子上的傷口大呼小叫。

「我沒事，」我搖頭，咬牙抓緊小夏扭動的雙手，「你們等會先幫我抓著她，千萬不能讓她跑掉。學姊，幫我報警。」

段淳雅驚恐地說：「報、報警？」

我沒好氣道：「她剛才準備拿美工刀割爛我的脖子，妳要是再不報警，下一個就是妳了。」

因爲我的威脅而倒抽一口氣的段淳雅，這才抖著手拿出手機撥號。

在等待警察趕來的期間，爲防萬一，許泯載找來幾條童軍繩把小夏捆住，然後將她安置在舞台旁邊。她一直用猙獰的表情瞪著我們所有人，眼裡滿是血絲，和我們當初認識的那個溫和明朗的小夏相去甚遠。

她現在的狀態看起來跟瘋子沒兩樣。

確定她無法掙脫後，我累得跌坐在一旁的地板上，額頭布滿汗水，雖然千鈞一髮之際我之前學的擒拿術派上用場，但再怎麼說我也是個弱女子，突然就這樣將一個成年人過肩摔，還是大傷元氣。

我坐在那兒，看著某個已經好幾天沒和我說過話的人走過來，把一疊衛生紙往我脖子上按，這才想起那裡有傷口，我伸手接過衛生紙將傷口按住，而袁尙禾像是完成任務似的，一言不發地又走到別處去了。

我很想過去關心他一下，不過眼下有另一件更重要的事情需要處理。

撫著隱隱作痛的傷口，我瞅著舞台邊的那人，「小夏，妳不是說自己腳傷復發，行動不方便嗎？剛才偷襲我倒很敏捷？」

她輕蔑地冷哼一聲，「我是腳傷復發，但要從背後賞妳一刀不是問題。」

社員們聽見小夏親口承認想要傷害我，紛紛驚呼。

「妳爲什麼要這麼做？」段淳雅口氣驚慌。

「很簡單，」小夏眼裡流露出瘋狂的神態，「我要把你們的主將一個個拔掉，讓你們無法參加大專盃。拿不到冠軍，你們明年就招不到人，人數不足，最後只能廢社。」

她說完，自顧自冷笑起來。

她說的這些還不足以讓我們理解她的動機，徐思穎抖著聲音開口：「我們被廢社對妳有什麼好處？」

「是沒好處，可是……」她臉上笑容不減，慢條斯理道：「一想到外界聽說小澤門下鬧出這些破事，之後再也沒有人敢找她合作、學舞，而她的名聲從此一落千丈，我就特別爽快。」

這番違背常理的自白令社員們面面相覷。

小夏……她不是號稱小澤門下最優秀的徒弟嗎？照理說師徒感情應該很好，為何她要想方設法抹黑小澤？

「原來……」我聽見徐思穎念念有詞，「之前圈子裡盛傳妳和小澤鬧翻的事是眞的？」

……都過一年了，我還是和以前一樣孤陋寡聞。什麼時候圈子裡盛傳這消息了，我怎麼從沒聽說過？

「無風不起浪，如果不是眞的有什麼，怎麼會無端冒出傳聞？」小夏臉上的笑容淡去，語氣有些忿忿不平，「要不是她用舞蹈教師甄試的名額威脅我，我說什麼也不可能在斷了韌帶後還繼續待在她門下……每一天看著她的臉，我都生不如死，應該是我恩師的人，卻成了斷送我舞蹈生涯的兇手！這口氣誰忍得下去？」

活動中心裡很安靜，只有她放開嗓門吼叫的聲音產生了點回音，顯得很戲劇化，所有社員都圍在我身邊，聽到她的話，不少人眉頭緊皺。

原來，為了去年小澤的個人師生舞展，小夏和其他學生賣命練習了整整三個月，可是擔任副領舞的小夏偏偏在舞展的前一週傷了腳，本來傷勢不算太嚴重，小夏認為只要避開某幾個高難度的動作，一樣能完成表演，小澤卻提議將副領舞的人選另換他人。

一向在小澤的徒弟中擔任首席舞者的小夏哪裡願意，只能硬著頭皮繼續練習，連原先幾個想要避開的動作，也為了要證明自己做得到而沒有放棄，於是她的腳傷在最後一週的集訓中急速惡化。

舞展前一晚的總彩排時，小夏在一次高難度的跳躍旋轉落地後重重摔倒，她的右腳韌帶因此斷裂，不僅舞展沒能上台，也從此與自己最愛的現代舞風告別。

之後她想要自退師門，小澤卻告訴她，若她願意留下來，可以替她爭取當年度的舞蹈教師甄試名額，她還告訴小夏，當不了舞者，退而求其次當舞蹈老師也是一種選擇。

為前程計，小夏強迫自己留在小澤門下，只是後來她漸漸明白，如果跳不了最愛的舞風，舞蹈教師證照之於她也只是多餘。

她說得激動，我則得盡量保持冷靜，以免脖子上的傷口又滲出血來。

「不能跳現代舞，不是還有很多其他的選擇嗎？」不是我冷嘲熱諷，而是小夏的確將其他舞風駕馭得很不錯，現代舞不該是她唯一的選擇。

「非名門出身的人能懂什麼？學舞對妳來說只是興趣，跳不出成績也沒人會怪妳，不是嗎？」她轉過頭瞪我，眼裡充滿不屑，「像妳這樣的人怎麼會理解我？」

我挑起右眉。

言下之意是她和簡穆宇、徐思穎一樣，都是出身名門，而我則是舞蹈界的「痲種」，在學舞過程中通常都會被他們那些「純種」瞧不起，我已經習慣了。

是的，習慣到我一想到家世背景就幾乎是潛意識地感到自卑。

「我爸媽是國際上小有名氣的現代舞者，鑽研這個舞風已經快四十年了……」小夏說著竟紅了眼眶，「從小身邊所有人對我的期望都很高，希望我能繼承他們，成為一名優秀的現代舞舞者，而我也一直這麼期許自己……可是如今韌帶斷了，我再也沒辦法跳現代舞……妳能想像來自家族的失望有多難以承受嗎？」

她對著我大吼，而我的確無法感同身受。關於跳舞，我沒有來自家族的期望。

「妳不能，對吧？」她冷哼，「現代舞對妳來說只是一個全新的舞風，偶爾沾一下妳覺得很有趣、很新鮮，不爽跳的時候還可以拍拍屁股走人，像妳這樣玩票性質的人把舞跳好了，就能得到一堆稱讚，可是我們根本沒有跳不好的理由……妳的人生少了跳舞還可以繼續，但我呢？跳不了現代舞，我就什麼也不是！」

我聽得出來她是在諷刺我過去在舞社的行為，不過我卻生不起氣來。

因為看著她，再聽她說的話，回頭瞧見徐思穎臉上不忍的神情，我想起了簡穆宇。

一直以來我認為家世背景好的人就是贏在起跑點，認為這對他們的人生有益無害，完全沒想到他們身上都因此背負著我無法想像的龐大壓力。過去，我學舞的生涯非常自由，幾乎沒有人會鞭策我，要我思考怎麼跳會更好，直到簡穆宇出現。

我曾經因此討厭他、怨恨他，但現在我更心疼他。他受到的壓力和鞭策大概是我的百倍不只，為何他會說我比他堅強多了？

「所以呢？」段淳雅在一片沉默中開口了，「就算妳這麼做能毀掉小澤，不也同時把自己毀掉了嗎？小澤可能只是幾年收不到徒弟、接不到合作，而妳……妳這是犯罪，會有刑責的！」

「我毀了自己也不要緊！」小夏臉上再度浮上瘋癲的笑容，「反正我的腿已經廢了……跟不上我父母的腳步，人生還有什麼意義？比起我，小澤的名聲值錢多了，毀了一個我來重創她，我覺得很值得。」

小夏固然可憐，但可憐之人必有可惡之處，我在心裡哀嘆，決定不再同情她。畢竟她做了這麼多傷天害理的事。

「好，很好。」感覺體力恢復得差不多了，我起身活動筋骨，並小心避開脖子的傷口，「所以舞社這一年之所以這麼不順，都是妳在背後搞的鬼？」

她不說話，強撐著笑容仰頭瞪我，像是在說「是又如何」。

「何禮鈞摔傷是因為妳，徐思穎的表演服破了，還栽贓到我身上也是妳做的，趁我被鎖在休息室，熄燈的人也是妳……」愈講我的情緒就愈趨沸騰，此時已經到了想出手打人的程度，「試圖開車撞簡穆宇的人也是妳對吧？我應該沒有冤枉妳？」

她冷哼一聲，「不只沒有，妳還漏了一件事。」

我必須連續好幾次深呼吸，才能壓下把她拎起來丟出去的衝動。為什麼她可以如此無所謂地說著自己做過的壞事？一想到簡穆宇有可能傷得更重，我整個人就止不住顫抖。

而現在居然還有？她居然說還有？

我閉上眼睛垂下頭，不想再看見她令人髮指的嘴臉，「還有什麼？」

「忘記當時預賽影片外流的事了？」她肯定非常得意，我不用看她的臉就能知道，「我在妳們把影片丟上雲端後，立刻轉手賣給另一間學校，告訴她們要盡快拍出來報名。本來想讓妳們跟男舞起內鬨，最後連預賽都沒辦法參加，沒想到你們的生命力比蟑螂還強……」

聽完她的話，我覺得喉嚨有點乾。

當初我是多麼信誓旦旦，說影片外流肯定是男舞幹的，即使之後和男舞合作過幾次，也從沒打消過這個想法，現在才知道，原來也是這瘋女人幹的。

那當時被我指著鼻子放話的簡穆宇……

突然覺得胃有點痛。

後來，警察把人帶走了。

幾個社員跟去做筆錄後，整件事情總算是告一個段落，而且似乎是因爲抓到了兇手，大夥的心裡安定許多，面對決賽也不再有那麼多的不安和遲疑，反倒是我，夢魘似地被小夏的自白糾纏了好幾天，尤其是她說的最後一件事。

大專盃決賽的倒數第五天，練完舞回家倒在床上後，理應一秒入睡，我卻翻來覆去始終睡不著，最後實在受不了良心的譴責，我撥出一通電話……

給簡穆宇。

聽著來電答鈴，我覺得自己很白目，一名傷患在凌晨十二點時還醒著的機率有多高？根本趨近於零！而我明知道這個事實，還堅持打電話的原因是……

「喂？」

OK，好，所以前面說的都不成立，因爲簡穆宇根本還沒睡著。

沒有想到他會這麼快就接起電話，我支吾了一陣子才終於說出口：「……你怎麼還沒睡？」

「整天在醫院還睡不夠？」他在話筒那端輕笑，「剛出院回家，沒打算早睡。」

「你出院了？」好啊，這傢伙出院了也不說一聲，「傷都好了嗎？」

「差不多了，剩下的在家靜養就好。」然後他彷彿心電感應似地說：「我不是不告訴妳，只是妳在忙比賽的事，我不希望讓妳分心，更何況小夏的事不是剛處理完？」

一聽他提起這事，我腹部一陣冰涼，好像胃突然消失了，「你……都知道了？」

「許泯載當天晚上就打電話給我了。」

「喔，是喔。」馬的，許泯載這個廣播台！「我打來也正好是要跟你討論這件事……」

簡穆宇沒有說話，很有耐心地等待我的下文，我卻陷入與自己的一番苦戰。

奇怪，道歉這件事爲什麼不管是面對面，還是隔著電話都這麼困難？我想起上次爲了回到聖誕舞會的表演隊伍，我在活動中心和自己做過一次艱困的鬥爭，那過程光想想就覺得累。

如今也沒好到哪去，儘管簡穆宇人並不在我面前。

「到底怎麼了？」簡穆宇說，我能想像他正皺著眉的表情，「姚靜敏，妳怪裡怪氣地是要跟我說什麼？」

唉呀，不管了，我深吸一口氣，然後……

「沒什麼特別的就只是想爲了當初錯怪你們把參賽影片外流的事道歉而已眞的很對不起都是我的錯我下次不會再這樣先入爲主了。」臉不紅氣不喘地說完這一串，我眞有點佩服自己的肺活量。

簡穆宇不知道是不是也被我的肺活量嚇到，沉默了很久，久到我以爲其實電話早就掛斷。

「欸……你在聽嗎？」我小心翼翼地開口，音量與剛才相比，簡直是天壤之別。

「姚靜敏。」他突然說。

很好，所以根本沒斷線，剛才的沉默是故意用來讓我難堪的是嗎？

但誰叫我只要一遇上簡穆宇，就立刻變成孬種，「怎、怎麼了？」

「我肚子餓了，出來陪我吃宵夜。」

……啊？

第九章　戀愛要在跳舞前

場外的氣氛正火熱，音樂聲震耳欲聾，時不時還有歡呼聲傳來。

舞社的社員們待在後台，表情都有點……不是很舒服的樣子。

這一次，緊張地來回踱步已經不是袁尚禾的專利，許泯載和他動作幾乎同步，人影雙雙在我面前晃蕩，搞得我不緊張也焦慮起來。

「你們兩個夠了喔。」我走上前，一手抓住一個，把他們扔回位子上，「給我好好坐著，我有話要說。」

沒有錯，又來到傳說中上台前五分鐘一定要有的，社長的精神喊話，只不過預賽時我還等著別人喊話，現在卻是我要對眾人喊，只能說時移事易，一路走來也不容易，我想感謝我的爸媽……喔，抱歉，現在還不是發表得獎感言的時候。

我清清喉嚨，走到眾人面前，「各位，精神喊話什麼的，我不會。」

所有人久違地給了我一個「妳這個瘋女人」的表情，我感到懷念。

我聳聳肩，指了指在場爲數不多的幾個女舞社員，「上次妳們說要幫我慶生，結果不但沒慶到，還差點把我嚇進精神病院的事，我就不追究了，不過，我想補許一個生日願望，大家應該不介意吧？」

大夥又給了我一個「妳有病啊」的表情。

沒關係，這種心情我完全能理解，上次即將上台的前三分鐘，簡穆宇莫名其妙給我出連環情境題的時候，我大概也是這樣的心情，覺得非常荒謬。

「我的生日願望就是……」見鋪陳得差不多了，我繼續道：「不管現在你們腦子裡裝了什麼雜七雜八的念頭，都給我清乾淨。」望著眾人發愣的臉孔，我勾起一抹笑，「我知道剛才有幾支隊伍的氣勢比較強，可能讓你們害怕了，但別忘了，一路走到這裡的我們都經歷了些什麼！」

幾個社員的表情成功被我煽動成「悲壯」，我點點頭表示肯定。

「我們可是差點鬧出人命的隊伍啊！你們以為這是什麼隨便就能解開的成就嗎？」段淳雅被我這話嚇到咳嗽，幾個男舞社員則大笑出聲。

「連殺身之禍都躲過了，還有什麼好怕的？」我環視每個人，確認他們的眼裡充滿鬥志，「剔除你們腦海裡所有雜念，只准留下今晚的目標，知道嗎？」

話剛說完，主持人就推開後台休息室的門，要我們準備上台。

社員們一個挨著一個在舞台邊排隊等待，我是隊伍的頭，許泯載則站在我旁邊。他先是看向台上的隊伍，再來是台前的評審，最後視線停在台下的觀眾身上，然後開口：「妳剛才只說讓我們腦海只留下今晚的目標，可妳沒說目標是什麼啊。」

「目標是什麼？」我轉身瞪他，只差沒有將「蠢材」兩個字罵出口，「你覺得呢？」

我以爲這是再簡單不過的問題，然而許泯載居然苦思了足足十秒。

「呃……目標是……」他咬著下唇，口氣不太肯定，「取代簡穆宇嗎？」

我發誓，剛才我已經在腦海裡過肩摔他一百次。

「你白痴嗎？」我一掌巴上他的後腦，希望能把他打醒，「目標是冠軍！」

「好痛！」許泯載摸著後腦抱怨，「我覺得妳愈來愈像那傢伙了！暴君嗎？」

「閉嘴。」我送他一個白眼，「要開始了。」

轉過頭，我迎上刺眼的舞台燈光，主持人的介紹詞說了些什麼都不重要。當掌聲響起，我踩著一個人的步伐，帶著兩個人的靈魂來到聚光燈下，不知爲何，此時腦中突然閃過無數與簡穆宇一起練習這首歌的畫面。

難道是因爲明明屬於兩個人的開場舞，如今只剩我一人，所以孤單、寂寞、覺得冷了嗎？

才剛這麼想，餘光就瞄到台下有個非常熟悉的身影。

他就坐在觀眾席的第一排，一瞬也不瞬地盯著我，目光嚴格而飽含期望……這不是我早就習慣的，簡穆宇的日常表情嗎？

雖然他不在台上，不在我身邊，但現在這樣的形式也沒什麼不好。

因爲簡穆宇會看著我，而我想讓他知道，我沒有讓他失望。

音樂流瀉而出，我仰頭，踩下第一個步伐。

♪

九月，開學季，同時也是招生季。

經過一個暑假的閒置，社辦裡積累的灰塵厚度有點驚人，我定了一個集合時間要社員們過來幫忙整理，結果大家都遲到，只有我準時抵達。

算了，認命吧。我戴上口罩，開始撢去窗台上的灰。

「靜敏，靜敏！」一陣尖叫聲從窗邊竄過，再闖進社辦。

段淳雅手裡捏著幾張紙朝我奔來。

我放下撢子，揭下口罩，「幹麼啦？」

「妳看！」她把幾張皺巴巴的，看起來像學校公文的紙往我手裡塞。

公文上的字又多又小，我眼前還全是灰，懶得細看，「這上面寫什麼？妳直接講不行嗎？」

「姚靜敏，我們要換社辦啦！」才剛說完，她又繼續尖叫，整個人跳上跳下的。

天啊，我耳膜好痛……不過換社辦是什麼意思？

「學姊，妳先把話講完，別忙著鬼叫。」我拉住她，不讓她繼續蹦跳。

這時，其餘姍姍來遲的社員晃了進來，圍在我和段淳雅身邊，正好聽她宣布消息。

「學校知道我們拿到大專盃冠軍之後，決定恢復我們的經費了！」此話一出，社員們一陣歡呼，「另外，因爲預期舞社會湧入一大批新生，所以決定幫我們換、社、辦！新的社辦就在體育館的三〇四！」

眾人爆出另一陣歡呼，而我還是不敢置信。

體育館三〇四欸？號稱學校空間最大、設備最新，過去只有學生會才能用的那間社辦？

「跟學校確認過了？簽字了？」我看著段淳雅，不希望只是空歡喜一場。

她翻開公文的最末頁，上面不僅簽了字，連印章都蓋好了，「千眞萬確，不用怕！」

我把手上的撢子和口罩扔掉，「那還打掃什麼？走啊，吃飯啊！」

爲了慶祝舞社一雪去年的恥辱、奪回自尊，矮子提議去吃烤肉。

「這麼熱的天，就應該吃七分熟的烤牛五花配冰啤酒！」許泯載露出一副已經吃在嘴裡的夢幻表情，看得人心癢癢，社員們紛紛附和。

我們選了學校附近一間空間大、冷氣涼、食材分量也足的烤肉店，各個社團迎新、送舊、慶功都很愛來這，如今終於也輪到我們來一次了。

「來，舉杯、舉杯。」席間，許泯載又一次拿起他的啤酒杯，並要大家跟上。

「肉都還沒吃幾片，你又要舉杯！」袁尚禾一臉受不了地放下筷子罵道：「剛才我們已經慶祝過大專盃冠軍、經費恢復正常、換了一間大社辦，還有慶祝我們死裡逃生……這回你又要慶祝什麼？」

「嗯，那就慶祝……」矮子遲疑了一下，突然轉頭看我，「姚靜敏當上社長！」

眾人一陣鼓噪，然後又被袁尚禾制止，「等一下，如果是要慶祝靜敏當上社長，那應該是她敬我們所有人一杯吧？」

我才剛把嘴裡的肉吞下肚，就聽見大夥歡呼著說好。

好什麼好？

「欸，這不公平！」我拿著酒杯嚷嚷：「簡穆宇延任社長一年，他也應該喝！」

「就是呀！別光欺負女生好嗎？」段淳雅幫我說話。

「嗯，妳說的有道理。」許泯載點點頭，隨即露出奸詐的表情，「問題是穆宇還沒來啊，還是……妳要替他把他的份也喝了？反正你們兩個都已經……」

我一個激靈，站起來把杯子舉得老高，「各位社員，我敬你們。」

老實說，這杯酒我是不想喝的，可是我怕我不喝，矮子會口無遮攔，說出什麼驚世駭俗的話來。

就在我仰頭把啤酒灌得見底時，簡穆宇出現了。

我聽說大專盃結束後不久，他爸媽就回台灣了，似乎是為了處理小夏的事，特地飛回來幫忙張羅，他們先是聯絡了校方，然後是檢察官，再然後是某個權威醫師。

後來簡穆宇的腳復原了，他爸媽卻告訴他不一定要繼續跳舞，可以選擇做自己想做的事。光這兩句話，就把簡穆宇嚇得不輕，大概是他爸媽在處理小夏的案件時，從她的家世背景、精神狀態以及犯案動機中領悟了什麼吧。

但即便如此，簡穆宇還是選擇繼續跳舞，沒有離開舞社。

他現身時氣氛正熱絡，免不了要爲延任社長敬大家一杯，爲遲到再敬一杯。

我在一旁不動聲色地看著，不自覺眉頭深鎖，這人竟然空腹就先灌了兩杯酒，確定等會吃油脂含量豐富的牛五花不會吐？更何況今天不是星期五，下午還要上課欸！

「妳別那麼緊張好嗎？」許泯載趁眾人鬧著要簡穆宇多喝一點的空檔，帶著自己的酒杯坐到我旁邊，「穆宇他酒量很好，兩杯啤酒不算什麼。」

「你又知道他酒量好？」我斜眼瞅著他。

這傢伙眞的很矛盾，一下子起鬨灌別人酒，一下子又要旁人不要擔心。

「當然好啦，他在韓國受訓十年，燒酒都當開水喝了，區區啤酒算什麼。」

Fine，說得我很大驚小怪似的，我不理他，繼續吃肉。

許泯載看了看我這桌的成員，疑惑地問：「欸，不過徐思穎怎麼沒來啊？」

「不是聽說她暑假跑去法國了嗎？」我一邊搶走段淳雅盤子裡的肉，一邊說：「說要去參觀她未來想考的舞蹈學院，大概是順便旅歐了吧，還沒回來。」

「那妳呢？」段淳雅拿衛生紙擦掉桌上的油漬，順口問：「妳暑假都幹了些什麼？」

或許是因爲要升大三，離畢業又更近一步的關係，這個暑假大家都找了看似很有目的的事做了，至於我呢，還算順利地在老金的舞蹈教室兼了一堂課。雖然一個星期只上一次，但對於初心者的我來說已經夠頭疼的了，一個暑假下來，錢賺得不多，腦細胞卻死了不少。

說到這，我就不得不佩服簡穆宇。

暑假期間，他一個星期要教五天的課，剩下的兩天我以爲他會選擇休息，沒想到他卻跑去進修其他舞蹈……眞不知道是該說他用功，還是該說他不是人。

正胡思亂想，剛剛灌下不知道幾杯啤酒的簡穆宇走過來，右手一抓便把許泯載從位子上拎起來趕去一邊，然後自己在我旁邊坐下，一連串動作行雲流水。

他看著我，頰上自帶喝酒後特有的粉色腮紅，並笑出兩排白齒，「我餓了。」

……原來簡穆宇喝了酒以後，笑容的殺傷力會加倍……我恨自己太晚明白了。

礙於段淳雅就坐在對面，且明顯正在觀察我和簡穆宇的互動，我只能壓下奔放的少女心，把夾子塞進簡穆宇手裡，裝作滿不在乎道：「要吃自己烤。」

「各位，來來來，我這裡有一個提議，」許泯載也不知道是喝茫了，還是眞的太喜歡擔任聚會主持人，此時又舉著酒杯站在主位上，「我們迎新來辦個遠足，你們說好不好？」

當然不好！這是我的第一個反應。一提到遠足，我就忍不住想起上次的團結大會，那個累啊、苦啊、瘆痛啊……白痴才會願意再來一次。

可大夥似乎全然忘了團結大會時的辛勞，紛紛舉杯附和。

於是，就在我忙著烤肉，簡穆宇忙著吃肉，我這一桌沒什麼機會表示意見的情況下，迎新遠足就這樣定下了。

聚會結束後，又有人起鬨說要拍大合照，還堅持要回學校拍。

「天氣這麼好，當然是要去福園前面的草皮上拍啊！」某個男舞社員這麼說，眾人又莫名地欣然同意。奇怪，我怎麼覺得今天的社員們特別好相處？難道是喝多了？

舞社一行人就這麼浩浩蕩蕩、渾身酒氣地回到學校。下午三點，學校裡的人正多，尤其是正準備換教室上下一堂課的新生，見了我們簡直跟見到黑道一樣，在人行道上爭相走避。

好不容易社員統統集合在草皮上，也請路人幫忙拍了照，此時我才知道原來拍大合照只是個幌子，之所以一定要來福園，是因爲他們要把簡穆宇扔下水！

前一秒我還在跟幫忙拍照的路人道謝，下一秒就聽到幾聲驚呼，然後是噗通的落水聲。我回過頭，幾個男舞社員捲著袖子，流氓般地站在池邊大笑，而簡穆宇已經全身濕透，正掙扎著從水裡站起來，一旁的人行道上擠滿看熱鬧的路人。

我皺著眉走到段淳雅身邊，「他們在幹麼？」

「還能幹麼？」段淳雅大概也覺得好玩，笑道：「慶生嘍。」

對喔，他生日快到了。

我看到簡穆宇站直身體，把沾濕的頭髮往後甩，並抹去臉上的水。

嘖，他以爲他在拍雜誌封面照嗎？這麼帥是要死喔……

「去年的這時候你剛轉回來，當你是新生，所以放你一馬，」袁尚禾站在池邊，顯然也是把人扔進水池的兇手之一，「今年可沒那麼容易就讓你逃過了……好好感受一下學校的傳統吧。」

這話引來路人的哄笑，而簡穆宇絲毫不介意，好像還玩得挺開心的，正試圖用池水潑岸上的人。許泯載第一個遭殃，褲子被潑濕後便像隻猴子一樣到處跳。

「好了啦，不玩了！」他東躲西藏地閃避，制止簡穆宇難得的玩性，「在你上岸以前，按照傳統要先許一個願望，不能許什麼世界和平、身體健康之類的俗濫願望，要發自內心的，否則今年會被二一！」

……這也玩太大了吧？不過是希望世界和平就要被二一，哪來的變態傳統？

「許願是吧？」簡穆宇花了三秒左右思考，「我知道了。」

本來喧鬧的路人此時突然安靜了，大概是連他們也好奇簡穆宇到底會許什麼願望。

雖然我也很好奇，但按照他的性子，不外乎就是希望自己的舞技突飛猛進、超英趕美之類的吧。

包含我在內，所有人的視線都集中在他身上，然而他的視線好像……

落在我身上。

我怎麼有股不妙的預感？

「姚靜敏！」果不其然，他喊了我的名字，而幾個社員的目光很一致地掃了過來。

我隔著一段距離看他，不敢做出任何反應。

「大專盃冠軍都拿多久了，妳到底要不要當我女朋友？」

很好，這傢伙現在是打算玩陰的是嗎？故意選在這麼多人的場合？

現在連路人都在起鬨，要我趕快答應，搞得我騎虎難下。

我甚至不知道自己的臉是羞紅的，還是氣紅的了。

「簡穆宇！」我不甘示弱地喊回去：「……你這個無賴！」

一眾看熱鬧的路人被我的話逗笑，而我既沒有接受，也沒有拒絕，只留下一句「我要去上課了」便逃之夭夭。之前單獨和簡穆宇面對面時，他還能抓得住我，這次總不可能了吧？

事實上，類似的情況早已不是第一次發生，社員們只當是茶餘飯後的話題，也因爲我一直沒有正面回應，他們習慣成自然，一天到晚就等著看我和簡穆宇這齣拖棚的歹戲，只是不知道今天這種場合，會不會害簡穆宇在路人面前失了面子？

「那妳爲什麼不答應？」小丹似乎快被我氣死了，放學的路上一直碎念：「當初喜歡人家喜歡得要死，現在人家告白了妳又不答應。靜敏，妳不要玩弄別人的感情好不好？」

我的一口氣卡在喉嚨，嗆得差點嗝屁。

「黃小丹！」我忍不住提高音量，「妳能不能改善一下妳說話的精準度？」

「我哪裡說不精準了？」她眉頭皺得特別緊。

很多呀，比如「喜歡得要死」和「玩弄別人的感情」這些部分。

我扁著嘴，萬分不解，「妳很奇怪耶，這事我都不急了，妳為什麼——」

「還能為什麼？」她在我手臂上捏了一把，痛得我差點要反射性把她扛起來丟出去，「因為大三拉警報啊！我呢，是八字都還沒一撇，沒有也沒辦法，可妳明明勝券在握，我不懂妳為什麼要一直躲。靜敏，不要跟我說妳是在享受被追的感覺喔！」

「妳哪隻眼睛見到我享受了？」我伸手拚命搖晃她的肩膀，「我明明也很困擾好嘛。」

「那妳至少給個合理的官方說法吧，妳這樣既不答應，又不拒絕的，妳知道學校已經有很多奇怪的傳聞了嗎？舞社現在是風雲社團了，妳要潔身自愛一點啊。」

「……我很潔身自愛呀。」我無語問蒼天，真心不想再討論這個話題。

其實事情沒那麼複雜，也不必區分什麼官方說法或私下說法，我之所以遲遲沒有答應簡穆宇，就只是因為大專盃決賽後，我確定大三接任正式社長，而他延任社長一年。

本來接任社長和私人感情是沒有任何關係的，本來。

但我想起一個例外。

周甯學姊。

一想起因爲她和她男友的「私人感情」而烏煙瘴氣的大一下學期，還有被擺爛不理的大專盃，乃至於後來的刪減經費、回收社辦、改聘指導老師，以及在那之後一連串跟蝴蝶效應一樣的事態發展，我眞的猶豫了。

舞社好不容易才在這學期準備走上康莊大道，我實在沒把握談了戀愛，能不步上周甯學姊的後塵……如果哪天我們吵架了呢？如果一言不合要鬧分手呢？

我不清楚簡穆宇會如何，可是如果眞鬧翻了，還要我裝作沒事待在同一個社團……

臣妾做不到啊啊啊——

「欸，靜敏，」小丹用手肘撞了撞我，「那個是徐思穎嗎？」

恍惚中，我順著她的目光望去，「喔，對呀。」

那個剛從行政大樓出來，手上捧著一疊文件的，的確是徐思穎沒錯，我不知道她是什麼時候回國的，她回來的消息似乎也沒跟舞社的人說過。

她恰巧抬眼看見我和小丹，正好我和小丹也要從行政大樓的門口經過，就狹路相逢了，不過與其說是狹路相逢，徐思穎看起來倒像是有話要對我說，於是我在她面前止步。

剛想問她回國了爲什麼不來參加聚會，她就把手上的文件遞給我。

那似乎是某間學校的招生簡章，上頭全是我看不懂的文字。

「姚靜敏，我要出國了。」徐思穎說，「剛拿到巴黎那邊的入學許可。」

我頓了頓，儘管對這種情況仍抱有一點戒心，但徐思穎的口氣聽起來不像是炫耀。

「喔，」我點點頭，眞心祝賀她：「恭喜妳。」

所以徐思穎去了法國一趟，參觀完自己夢想中的學校後，就決定不再觀望等待，而是立刻出國追夢，我佩服她做這個決定的勇氣，也眞心祝福她。

畢竟我們不可能相鬥一輩子。

而她好像跟我想著同一件事。

「從今以後就沒人跟妳鬥了，會覺得不甘心嗎？」她突然問我。

「我應該不甘心嗎？」我笑了笑，把簡章還給她，「雖然從小到大那麼多場比賽，我沒一次贏妳，可之前大專盃的開場舞能靠自己的實力拿下，我已經滿足了……應該也沒什麼好不甘心的吧？」

或者應該說，現在的我不需要她的存在，也能找到跳舞的意義。

「是嗎？我倒覺得有點不適應。」她感嘆道，「畢竟和妳鬥已經是十幾年的習慣了。」

「等妳去了國外，多的是人和妳鬥好嘛。」我翻了個白眼給她，「要什麼膚色都有，不用這麼想不開。」

「好吧，」她笑出聲，「正好遇到妳，所以跟妳說一聲，剩下的社員再麻煩妳幫我轉告他們，我得先回去整理行李了，明天晚上的飛機。」

我點點頭，準備目送她離開。

「姚靜敏。」徐思穎已經轉身，卻又忽然回頭。

我不說話，只是看著她。

「說眞的，我還是不覺得自己輸給了妳，哪怕最後是妳當上社長，」她臉上的笑容有點感慨，也有點倔強，「但我承認，我沒有妳的勇氣和決斷力，我不適合當社長。」

她說完就轉身走了，而我只是望著她的背影。

明明是這麼多年的冤家徐思穎對我說了這些話，我卻一點都不覺得被冒犯，反倒是她立刻就要啓程離開的事實，讓我有一點不捨……就一點點。

畢竟人生路上少不了那些會刺激我們的存在，而他們能讓我們明白很多事。

至少我能感到欣慰的是，我知道我們都會過得很好。

♪

慶功時說的迎新遠足後來眞的辦了，就在招生之後。

九月末的社團週，舞社招進了四十個新生，是近十屆以來最多的一次，男女比例各半，非常平均，加上原本的社員，再剔除一些無法參加的，剩下的人數剛好夠坐一輛遊覽車。

這次迎新的地點沒有選在辦團結大會時的印地安部落營地，而是找了個南投深山裡的森林遊樂區，晚上住的則是小木屋，有電的那一種。

我很欣賞大家的決定，因爲我已經受夠烏漆抹黑的帳棚了。

入住第一天，因爲新生人數眾多，勢必要來點能互相認識的大地遊戲，晚上再來個團體烤肉，這樣到入睡前，彼此差不多就熟透了，然後第二天一早，學長姊們會分隊帶小菜鳥們體驗一下小型編舞競賽的刺激，到了下午，許泯載又策畫了一個我從沒聽過的遊戲。

「《大逃殺》的遊戲規則很簡單，我會將你們分成兩隊，以手來代表武器，後頸則代表弱點，如果逃跑過程中被敵對玩家碰到後頸，就必須交出一張生命卡，每個人身上有三張生命卡，用完就算淘汰。」許泯載站在大太陽下解釋，幾句話說完後已經滿頭大汗，「遊戲時間是九十分鐘，淘汰人數比較多的隊伍就算輸了，晚上要負責煮飯和打掃小木屋。」

遊戲正式開始前會給玩家十五分鐘的躲藏時間，此時每個人都開始朝森林逃竄，我默默挑了一個較少人走的路線進去，但不是爲了獲勝，只是想找個地方摸魚。

昨天一整天陪新生熟悉彼此，最累的其實是我們這些學長姊，既要記名字，又要安撫他們怕生的情緒，同時還要負責帶動氣氛，玩了一天後，晚上還得烤肉。十月初的天氣還很熱，我在烤肉時被炭火薰昏了頭，有點中暑，睡了一晚後也沒有好轉，早上還硬撐著帶完編舞競賽，因此我現在頭重腳輕，只想找個地方坐下來好好休息。

我選的這條路之所以人少，是因爲遮蔽物不足，很容易就被敵隊玩家盯上，然而我現在也管不了這些了，我往森林中心緩步走了五分鐘，看見一棵還算粗壯的老樹，窩在樹下休息的感覺應該不錯，便決定在這裡落腳。

在樹下抱膝睡覺是個相當容易被攻擊的姿勢，因爲後頸會毫無防備地露出，不過敵隊玩家就算摸到我的脖子，也還是得叫醒我才能拿到生命卡，而我也不打算捍衛任何一張，奇妙的是，我應該也睡了有半個小時，期間卻沒人叫醒我。

半個小時後我因爲腳麻醒來，稍微活動了下筋骨，覺得頭好像沒那麼暈了，便想再往森林裡走一點，看會不會碰到什麼人，可是沒想到才站起來就被樹根絆了一跤，整個人重重摔在地上。摔跤不打緊，只是一點擦傷，慘的是剛睡醒的眼睛非常乾澀，於是在我跌倒的瞬間，隱形眼鏡便迫不及待地從眼睛裡飛出來。

然後我就瞎了。

說瞎了可能有點嚴重，不過將近九百度的近視在沒了隱形眼鏡之後，基本上身邊的東西之於我都只是一團團色塊罷了，根本無法清楚辨識，這下子別說往森林深處走，我連自己找路回集合點都有困難，我縮回樹下，打算等等不管是誰經過，都一定要叫他帶我走。

就這麼等呀等，十幾分鐘後附近終於傳來腳步聲，我往聲音的來源看去，儘管目光所及只見到一些色塊，可至少能分辨哪些顏色會動，哪些不會。

一坨灰白色塊組成的人影來到我面前，似乎正低頭打量我。

我勉強從輪廓辨識出對方是個男生，但還是看不出他是誰。

「嗨。」我尷尬地和他打招呼，「我不知道你是誰，因爲我的隱形眼鏡掉了，我現在什麼都看不見，如果你不介意，可不可以先帶我回集合點？我身上的生命卡都可以給你，如果你需要的話。」

那人並沒有說話，不一會兒我聽見輕笑聲。

有點耳熟。

他突然蹲下，手摸上我的後頸。

我一愣，瞬間反應過來他大概是敵隊的人，在拿走生命卡之前，打算作勢攻擊我一下，然而奇怪的是，他把手放上我的脖子後，就沒有下一步動作了，好像就只是想把手放在我的脖子上。

我抬眼對上他的臉，覺得那臉部輪廓異常眼熟。

「嗨。」他終於開口。

「簡穆宇？」我驚呼，瞬間安心不少，「你幹麼不出聲啦？害我超緊張的。」

「就想逗妳一下。」他的手在我眼前揮呀揮的，「妳近視很深？眞的都看不見？」

「只能勉強分辨出顏色，」我吶吶地說，雖然不想撒嬌，但免不了要裝一下可憐，「帶我回集合點好不好？我中暑還沒完全好，待在這裡好累，又不能隨意走動。」

簡穆宇模糊的輪廓在我眼前晃動，「帶妳回去可以呀，可是我有個條件。」

「什麼條件？」

「老話一句，」他的聲音帶著笑意，「妳知道的。」

我知道的？

想通的瞬間，我的臉立刻熱了。

簡穆宇最近明裡暗裡一直想說服我答應的，不就只有「那件事」嗎？

「欸！」我頓時焦躁起來，「你不可以趁人之危。」

「我趁人之危？」他的聲音聽起來有點不高興，「姚靜敏，我以爲妳喜歡我。」

「我，」欸，這算哪門子的逼供啊？「我喜歡啊。」

「那爲什麼還不答應？」簡穆宇的嗓音變得低沉，可能是被惹毛的前兆，「我已經問了妳一整個暑假了。」

我垂下頭，嘆氣道：「不然這樣好了，你退出舞社，我就答應你。」

「……爲什麼？」

「因爲我不想變成第二個周甯學姊。」

簡穆宇沉默了一陣子，雖然看不清他的臉，但可以感覺得到他正在思考。

然後他笑了。

「就只是爲了這個？」

「對。」

「姚靜敏，」他伸手捏我的臉，帶著點處罰的意味，「妳這樣對我很不公平，妳知道嗎？」

我被他捏得連話都說不清楚，「尼以爲窩想嗎？」

他放開我的臉，語氣挺不滿的，「妳就這麼沒信心？覺得我們一定會吵架、會分手？」

「這不是信心問題，」我以一種實事求是的口吻，「我只是想做好最壞的打算。」

好不容易才當上社長，我想好好做，不想臭名遠播啊！

也不知道是不是被我說服了，簡穆宇陷入一陣苦思。

「我知道了。」幾十秒後他突然開口：「之前嘗試威脅妳、利誘妳都沒用，是因爲我忽略了妳最重要的那個特質。」

這傢伙又在說什麼？

「聽說妳這人很不服輸？」他說，模糊中我見到他上揚的嘴角，「敢接受挑戰嗎？」

或許是本能吧，一聽到「挑戰」兩個字，我立刻精神起來。

「什麼挑戰？」

簡穆宇揉著下巴，然後下了一個我這輩子聽過最荒謬的戰帖，「挑戰跟簡穆宇交往一年，一年內不吵架、不移情別戀、不厭煩、不提分手、不冷戰——」

「等一下，」我伸手阻止他繼續往下說，「為什麼是一年？」

先不論這戰帖的合理性，我單純覺得有點傷心……如果真的要和簡穆宇在一起，當然不會希望只有一年的時間啊。

他把手掌按在我的腦門上，「因為一年之後妳和我都不當社長了，到時候妳以為妳還會有藉口不跟我在一起？」

不知道是因為簡穆宇一直灌我迷湯，還是因為中暑的關係，我忽然覺得腦袋不太好使。

被他這麼一說，怎麼好像很有道理？

「意思是，無論有多想和你吵架，也要忍過一年？」幾個想法在腦海裡轉了轉，莫名覺得這方法挺可行的，我念念有詞：「不過一年似乎有那麼一點久……」

「喔？」簡穆宇抓住我動搖的瞬間，拚命煽動，「所以妳不敢挑戰？要認輸了？」

一股火氣暴衝到頭頂，全身的戰鬥細胞都像在吶喊：我最討厭「輸」這個字。

不、過、就、是、一、年、嘛。

「誰說我要認輸？」我決定豁出去，瞇起眼看他，「來啊，來互相傷害啊。」

「那就是接受挑戰嘍？」對於激將法的成功，簡穆宇似乎很滿意。

聽到他幸災樂禍的聲音後，我意識到自己好像又要蠢了……

衝動是原罪啊！

「很好，那畫押吧。」

「畫押？在這深山野嶺裡你跟我說畫押——」我出聲反駁，突然感覺到簡穆宇軟軟的嘴唇貼上我的。

嗯，好吧，如果是用這種方式畫押的話，我可以。

「走吧，」似乎過了很久，久到遊戲快結束了，簡穆宇把我拉起來，「帶妳回去。」

「欸，走慢一點。」我緊緊抓著他的手臂，深怕一個踩空直接滾下山，「我真的什麼都看不清楚，不騙你。」

簡穆宇把我摟在身邊，笑答：「不要怕，我願意做妳的眼睛。」

嘖，這傢伙還挺肉麻的嘛。

我不說話，只是低頭默默笑了。

「欸，妳難道都不覺得這台詞很耳熟嗎？」他忽然問我。

「啊？」我看向他，即使看得不太真切，「什麼台詞？」

「姚靜敏，妳真的很糟糕，」簡穆宇嘆氣，「我就說妳幼稚園畢業公演都在亂跳吧。」

「什麼啦……」聽得一頭霧水，我皺眉。

視線裡，道路是如此霧濛，等會兒又會被哪裡冒出來的樹根絆一跤也說不定。

可是，斜射的陽光很暖，拂面的薰風很輕，而我們並肩往前走。

青春的，充滿苦和甜的道路上，我們並肩往前走。

全文完

番外

他沒說的那些事

認識簡穆宇前，姚靜敏一直覺得「上台表演前受傷」是惡夢裡才會出現的劇情，儘管大專盃決賽時，他就是這麼有本事地把這件事從惡夢拉到現實，但對她來說還是沒什麼眞實感，畢竟痛的又不是她。

可能是爲了懲罰她這番沒同情心的言論吧，姚靜敏的腳在聖誕舞會表演的前一週，堂堂正正地，扭了。

某次開會，新社辦的主燈管突然開趴似地閃爍起來，室內一明一滅，瞬間激起眾人的玩心，當下社員們人來瘋地大笑，把社辦當成夜店狂舞了一陣，可是一散會，全部人都選擇性失憶加失明，等姚靜敏確認完會議紀錄回過神，誰也不在。

瞪著挑高的天花板上忽明忽滅的白光，她心一橫，把開會時坐的折疊椅搬上辦公桌，手裡抓著替換用的燈管，悲壯地決定自己上去換燈管。

這本來沒什麼問題，畢竟學舞的人平衡感差不到哪去，換燈管也不是難事，可人算不如天算，就在她把新燈管扣進燈座，嘴角勾起一抹大功告成的笑時，有人在她背後大喊了一聲。

「學姊！」

姚靜敏站在椅子上的身體反射性一抖，下一秒便失去平衡摔了下來。落地的瞬間倒還眞沒什麼感覺，只是在她腦海閃過一個「死定了，沒辦法上台」的想法。十幾秒過後，撞擊的疼痛如海嘯般襲來，她咬著牙，痛到無法喊出聲，閉著眼在地上蜷縮了好一陣子，臉上全是冷汗。

然後有個人在她身邊蹲下。

「學姊，妳沒事吧？」

姚靜敏勉強睜眼看向來者，是李萱。

李萱的眉頭緊皺，眼裡塡滿焦慮和擔心，一雙手還扶在她身上，可不知道爲什麼，姚靜敏就是覺得她的關心很作態，聲音沒有半點溫度，與其說李萱對她的摔傷事不關己，不如說她是在幸災樂禍吧。

她用沒受傷的手撐起自己，本來痛得想哭，現在一點淚意都沒有了。

「我沒事。」姚靜敏深呼吸，試著忽略身體的痛感，還硬是用霸氣的「我沒事」取代「妳覺得我看起來像沒事嗎」這類她平常使用的句子。

她鮮少在社員面前擺出社長的架子，不管對上對下，她始終是那個容易被激怒，又特別白目的姚靜敏，只不過在李萱面前，擺譜就像是本能反應。

見李萱不語，她更冷淡地問：「妳為什麼會在這裡？」

「因為……」李萱堆出抱歉的笑容，「我想說學姊可能會想換燈管，來看看有沒有什麼能幫忙的。對不起，沒幫上忙還害妳受傷……」

姚靜敏一忍再忍，終究沒把白眼翻出來。

說她先入為主也好，偏見也罷，但在她眼裡，李萱那聲強勁如獅子吼的「學姊」，不僅音量大小不合時宜，來的時機也過於湊巧，為什麼偏偏就在她剛換下燈管，正在調整身體重心的時候呢？

後來，姚靜敏被簡穆宇拖著去了趟醫院。

她的右手掌被燈管碎片劃出了幾道傷口，右手肘撞成噁心的青紫色，而右腳更是重災區，腳踝腫得比拳頭還大。

她自己倒沒怎麼大驚小怪，畢竟這傷跟簡穆宇之前受的比起來，根本是小兒科程度，可有人的臉色自見面之後就一直不大好看，她大概知道原因，也不會蠢到特地問起。

比起這個，她更想問的是……李萱為什麼也來了？

說起對李萱的偏見，應該要追溯到開學那時。

這學期加入舞社的新生很多，起初李萱和其他的小大一並無不同，直到迎新時姚靜敏才慢慢注意到她，不只是因為她出眾的舞技，也因為她加入舞社的目的日漸明顯。

袁尚禾說過，每個人最初學舞的目的都不同，所以無論新生是爲了什麼加入舞社，她都不應該在意，然而凡事總有例外，李萱就是那個例外。

她的目的是簡穆宇。

作爲一個公私分明到執拗程度的社長，以及內心小氣但總是假裝大方的女友，姚靜敏見識過李萱各式各樣的小動作，卻都假裝沒看見。

迎新時，李萱想盡辦法把自己換到簡穆宇帶的那一隊，編舞競賽時，她急於表現的模樣也讓人印象深刻，甚至姚靜敏還聽說她晚上獨自去了簡穆宇所在的小木屋。

後來她才從簡穆宇口中得知，李萱是他在韓國的訓練學校的後輩，在他受訓第五年時進來的，而他回台灣一年後，正逢李萱上大學的年紀，她打聽到他就讀的學校系所，也跟著一起回來了。簡言之，她爲了簡穆宇回國，爲了他報考這所大學，然後加入舞社。

這些話大概是那一晚她到他小木屋時告訴他的吧。

從韓國一路追回台灣……要不是李萱追的是自己的男朋友，姚靜敏八成要感動落淚了。

之後李萱幾乎是無所不用其極地接近簡穆宇，明裡暗裡有不少新生和姚靜敏告過狀，但她都沒表態，因爲她見識過李萱更誇張的行爲：她在老金那兒直接繳了舞蹈課的年費，就爲了增加見到簡穆宇的機會。

姚靜敏總感覺……這跟當初的自己有點像啊。

回過神，該包紮的、該處理的都已經完成，簡穆宇扶她到等候區坐下，等著叫號拿藥，李萱自始至終都皺著眉跟在一旁，好像受傷的人是她的至親姊妹。

「妳到底在搞什麼？」簡穆宇問，然後虛脫似地把頭髮撥到腦後。

這是見到面之後，他針對事發經過問的第一個問題，口氣算不上太和善，姚靜敏在心裡考慮是不是該委屈大哭才能平息他的怒氣，可礙於現場還有一個不速之客，所以即便全身上下都痛得要死，她也只是扯扯嘴角，「不小心的。」

卻沒想到她沒哭，倒有人先哭了。

李萱扯著簡穆宇的衣襬，道起歉來：「前輩，對不起，都是我的錯，我不應該在學姊換燈管的時候叫她，害她分心……都是因爲我，學姊才會受傷的，眞的對不起……」

她說的都是事實，姚靜敏一邊聽一邊想，但爲什麼她就是覺得李萱臉上有個面具，讓她好想撕下來呢？

李萱從不像其他新生一樣，喊簡穆宇「社長」或「學長」，她一直沿用在韓國時對簡穆宇的稱呼，偶爾和他交談時還會穿插幾句韓語，像在顯示自己與簡穆宇的關係跟其他人不同。

簡穆宇的臉色和緩了些，他轉頭對李萱淡淡地說：「沒事，只是意外。」

姚靜敏覺得有點不舒服，又說不上來是哪裡。

「學姊，真的對不起。」李萱含淚瞅著她。

前一句是前輩，後一句是學姊，妥妥地在兩人之間的楚河漢界挖出一條深溝。

「妳先回家吧。」簡穆宇按著姚靜敏的肩，不讓她說話，對李萱道：「這裡有我就夠了。」

嗯，我也這麼覺得。姚靜敏在心裡這麼想著。

受傷倒是其次，可一個星期後的聖誕表演她是注定上不了台了。巧的是，李萱熟悉姚靜敏所有群舞與獨舞的動作，順理成章取代了她的位子，當然，包含和簡穆宇有互動的那些。

要說不生氣嗎？姚靜敏心裡的確不太舒服，有種被人設計的不爽感，可要說生氣嗎？她好像又氣不起來，一來是李萱把她的部分消化得非常好，她挑不出錯；二是簡穆宇避嫌避得很明顯，甚至改掉某些過於親密的舞蹈動作。

受傷後的第三天，剛盯完聖誕表演的排練，姚靜敏就接到學校通知舞社的表演簡介還沒繳交，她明明親眼看著段淳雅寫完簡介，結果這傻大姊寫完後居然沒有順便交出去，她只好默默拖著受傷的腳回到社辦，果然在檔案夾裡找到寫好的簡介。

她轉過身，剛練完舞滿身大汗卻心滿意足的李萱正好踏進社辦。

兩人對上眼，姚靜敏終於發現李萱的眼神不太友善。

「學姊，和我談談吧？」她兀自在沙發椅上坐下，也不知道是不是故意的，坐的還是姚靜敏平常開會時固定的社長位子。

十足十小三鬧正宮的對白，姚靜敏心下了然，不動聲色地在她面前落座。

「有什麼話就直說吧。」她刻意懶懶的，還瞥了眼手機上的時間，「我還得去學務處交表演簡介，妳也知道，我現在走不快。」而這都是妳害的。

當然，潛台詞這種東西是不必說出口的。

「學姊，那我就直說了。」李萱收起笑，五官顯得十分冷豔，「我之所以考這所學校、加入舞社，都是爲了穆宇前輩。」

姚靜敏眨眨眼，淺笑道：「……舞社裡有誰不知道這件事嗎？」

她意料之外的冷靜讓李萱愣了幾秒，但很快就恢復正常。

「學姊，希望妳不要覺得冒犯，可我想要的，不只是接近穆宇前輩而已。」她一字一句像在心裡模擬過幾百次一樣堅定，「我想要的，是妳有的一切，妳的領舞位子、社長的位子，還有，妳在穆宇前輩身邊的位子。」

姚靜敏沒答話，不知道是不是氣極了。

「如今，我已經拿到妳領舞的位子。」李萱將汗濕又風乾了的頭髮捋順，難掩口氣裡的得意，「相信妳也很清楚，我的舞蹈實力比妳強很多，比起妳，我和前輩更般配。」

「所以？」姚靜敏挑眉，覺得後頸挺躁的，「繼續說。」

「所以，接下來我會一步一步用實力取代妳。」李萱昂著頭下戰帖。

「噢，」姚靜敏打了個呵欠，作勢起身，「那妳加油，我先去學務處了。」

其實她氣得很，按照李萱不要臉的程度，她覺得至少要過肩摔二十次才夠。

可她就是不想在李萱面前跳腳，不想失去一分一毫的社長風範。

還有正宮的風範。

「學姊！」見她想走，李萱把音量提高了些，「雖然妳是穆宇前輩的女朋友，但這不能代表什麼，我跟前輩在韓國已經認識整整六年，每天一起練習的時間超過八個小時，我對他的了解，妳是比不上的妳知道嗎？」

這話就有點過分了。

姚靜敏氣得想笑，簡穆宇的女朋友不能代表什麼？當初可是他先追她的，還有，曬韓國的六年交情是怎麼回事？她跟簡穆宇可是從幼稚園就認識了！

只是她忘記了而已。

「喂，」一道低沉的男聲從身後傳來，「妳們兩個在這幹麼？」

簡穆宇踏進社辦，右手用毛巾擦著汗濕的頭髮，左手掛著兩個背包。

「前輩，」李萱立刻站起身，聲線轉折大概有一百八十九度，「剛才練習的影片裡有幾個地方動作不是很整齊，我想跟你討論一下——」

「明天再討論吧，辛苦了。」簡穆宇說，語氣很有社長的範兒，但是一轉頭對著姚靜敏，好看的眉就皺了起來，「喂，妳不是要去交表演簡介？現在都幾點了，待會學務處要是關了，妳明天就自己跑一趟。」

姚靜敏不解地抬頭看他，想問他真的沒有解離性人格症嗎？怎麼能前後反差這麼大！

「看什麼看，快點起來。」他扶她起身，不忘用食指戳她的額頭，「知道自己行動不便還慢吞吞的。」

「欸，很痛。」姚靜敏攙著簡穆宇的腰，忍不住嚷嚷：「我現在是傷患，你不能動手動腳。」

她故意不去看李萱臉上的表情，或者應該說，她不需要炫耀勝利，簡穆宇本來就是她的。

不過李萱方才的那番宣言終究還是對她產生了些影響，走出社辦後，姚靜敏心底的一股氣還是沒忍住。

「欸，李萱她——」

「我知道。」簡穆宇淡淡地打斷她。

「你知道？」

「知道。」

姚靜敏又不明白了，他說他知道是指哪部分？

「欸，可是——」

「就說了知道。」簡穆宇停下腳步，轉過身與她面對面，「別擔心，我會看著辦。」

她不服氣地白了他一眼。

看著辦什麼？人家放話說要取代她欸！

「怎麼，妳吃醋了？」他勾起嘴角，露出一抹好看到犯規的笑，「還是妳怕了？」

「誰怕了——」姚靜敏還想爭辯，卻什麼話都說不出來了。

簡穆宇的手扶著她的後腦，把自己的唇貼上她的。

即使挨得這麼近，看不清他的臉，她也能感覺到他在笑。

站在簡穆宇的家門前，姚靜敏矜持得有點不是時候，可她就是想不通，明明說好帶她回家，簡穆宇怎麼就……帶她回家了呢？

「爲什麼……突然就……」她想問，卻又不知道該怎麼問。

「什麼爲什麼？」簡穆宇站在玄關回頭，眼神乾淨得沒有一點雜質，「妳要是不明白，就看一下自己的掌心，然後再看看妳的腳踝。」

姚靜敏聽話地攤開手，再盯著自己腳上的紗布。

嗯，沒什麼不妥啊，就是包得亂了點、醜了點嘛……

簡穆宇抓住她右手指尖，把掌心翻出來，指著幾處因胡亂包紮而顯得混亂的區域，「妳這種包法不只完全沒用，搞不好還會感染，妳還問我爲什麼，快點進來把門關上。」

姚靜敏在門外對著簡穆宇的背影努了努嘴，她男朋友眞的很囚欸。

他們決定先吃晚飯，由於兩人都沒有點亮廚藝技能，爲了腸胃著想便叫了外送，接著一起看了部電影，還吃了零食，最後連捷運的末班車也開走了，但還是沒人提起換藥的事。

作爲第一次到訪男友家的少女，姚靜敏不忘維護形象，拿出手機準備叫車。

「時間差不多了，那我——」

「去洗澡，洗好了我幫妳換藥。」簡穆宇說，還從臥室翻出幾件居家服給她，看樣子是沒打算讓她走了。

奇怪，他怎麼留她過夜，留得這麼熟練呢？

後來她不知怎地就上了他的床，不過幸好只是單純躺在上面。

簡穆宇大概是眞心把她當成傷患看待，不只另外準備了一條棉被，與她並肩躺著也要伸長手臂才可以碰到對方，距離不算近。

「那，晚安。」姚靜敏沒話找話說。

已經熄燈五分鐘了，她的心跳卻怎樣也慢不下來，枕頭和棉被上都是簡穆宇的味道，讓她想睡卻一直分心。

「姚靜敏。」黑暗中，簡穆宇忽然開口。

「……嗯？」她嚇得全身緊繃，幹麼突然喊她的本名？

「我都聽到了。」

「……聽到什麼？」

不會是她打呼吧？不對啊，她都還沒開始睡。

「李萱說的那些話。」

原來他有聽到，姚靜敏不安地挪了挪身體，只回了句：「喔。」

「我也知道她是故意在妳換燈管的時候叫妳。」

「……是嗎？」

「根據我在韓國那幾年對她的認識，她確實有可能做出那種事。」

姚靜敏沉默了。

既然簡穆宇都知道李萱是故意的，也知道她素行不良，爲什麼還老對她和顏悅色？難道就因爲在韓國的六年情誼？

姚靜敏正胡思亂想著，手背忽然傳來一陣暖意。

簡穆宇握住她的手，掌心溫熱。

「對不起，沒有一開始就發現。」

莫名覺得眼角有些熱，姚靜敏不動聲色地「嗯」了一聲。

她覺得這樣就夠了。

只要有他這句話，就算李萱改天宣布要搶走她的家產，她也不會害怕。

兩個星期後，姚靜敏的傷好得差不多了，雖然沒能在聖誕舞會上表演有些可惜，不過至少沒留下永久性傷害，讓她還能四處蹦躂。

剛收齊社員們寒訓的報名費，她歡快地回到社辦把企畫書整理好，預備等會寄出去，順便去匯款，可A4大小的牛皮紙信封恰巧用完了，姚靜敏想了想，把企畫書和報名費塞進抽屜，蹦蹦跳跳地前往樓上的總務處，完全沒發現身後的走廊轉角處站了一個人。

李萱躡手躡腳地潛進社辦，拉開辦公桌抽屜，一份企畫書和被塞得厚厚的信封袋映入眼簾。她伸出手，雖然有些猶豫卻沒有停下，指尖幾乎已經碰到裝著報名費的信封——

一隻手突然抓住她的手腕。

她驚嚇地轉頭，發現抓她的人是簡穆宇。

「別再這麼做了。」他說，口氣裡沒有怒意，只是淡淡地，甚至都不看她，「那傢伙的性格已經讓自己過得很辛苦了，不要再爲難她，她身上的傷才剛好。」

李萱睜大眼。所以……她在盤算些什麼，他一直都知道。

企畫書被順利寄出，匯款也完成了，姚靜敏心情大好，決定加入放學後舞社的團練，想快點回到領舞的位子上。只是久沒活動，她變得沒那麼靈活，幾個動作的銜接老是卡住。一個半小時後，幾乎所有人都在休息，就她不肯，站在鏡前反覆練習那些卡住的部分。

簡穆宇坐在不遠處的牆邊擦汗，下意識替姚靜敏數她練習的次數。

李萱在他身邊坐下。

「前輩。」

「嗯？」他答，眼睛一瞬也不瞬地盯著鏡前的那個身影。

「爲什麼……是她？」李萱緩緩吐出積在心底許久的疑問，「在韓國訓練的時候，我們不是挺親近的嗎？你也知道我的心意，可是爲什麼……？她……她的舞技明明只是一般而已。」

簡穆宇輕笑，「妳是因爲我舞跳得好才喜歡我的嗎？」

「部分原因吧，但是……」

「妳看她，」簡穆宇指著姚靜敏練到走火入魔的背影，他很喜歡她執拗的模樣，「從剛才到現在，這個動作她已經練習超過八十次了。」

「所以呢？」李萱不解，也不服氣，「我只要練十次就能跳得比她好。」

「可我就喜歡她這樣，愈是跳不好就愈要練。」簡穆宇說，嘴角幾乎都笑開了，「從幼稚園開始，她就知道自己當不了第一，但愈是如此，她愈堅持繼續跳舞。」

李萱默默聽著，沒有回話。

「如果我知道自己可能永遠做不好某件事，我沒把握撐得比她久。」

他在韓國見識過太多出色的人了，因此特別喜歡她平凡而努力的樣子。

「如果妳不能確定練了八十次之後，就可以駕馭這個動作，妳還會練嗎？」最後他問。

「……不會。」

「That's why.」

語畢，姚靜敏若有所感地回頭，看見簡穆宇和李萱並肩坐著，露出不太滿意的表情。

「妳該走了。」簡穆宇笑著看姚靜敏朝他走來，那種笑容是李萱從不曾見過的，「之前她身上有傷，不太能活動就無所謂，不過現在她的傷好了，我勸妳離我遠些……我女友的過肩摔可是Boss級的。」

後記
去做你喜歡的事吧，愈早愈好

做電校和寫後記的這幾天，台灣其實並不平靜。二〇一六大地震對花蓮造成了不小的災情，我一面寫稿、校稿，一面被新聞弄得心驚膽跳。

眞心期望天佑台灣，大家都能好好的。

最初接到責編的信，說要撰寫一篇一千兩百至兩千字的後記時，我非常驚慌。我讀過這麼多編劇和寫作的理論書，可從來沒有人教過我後記的標準體裁是什麼，於是我問了萬能的臉書大神，結果，我的朋友們說了一堆垃圾話，要我寫食譜、立可白的成分說明，或是偶像歌手簡介的都有，沒一個正經。

這大概是我的錯，我交友不愼。

通常我寫作都會把一部分的自己投射在女主角身上，例如鄭彩書的逃避、舒妤倩的工作狂，至於姚靜敏被投射的是我身上的哪一個部分……嗯，大家就慢慢猜好了。

說說這個故事吧。不少讀者看完這本書後，以爲我是熱舞社的，這絕對是個誤會。第一，大學的時候我因爲沒有住校，沒有參加任何社團；第二，高中時的社團課，我去的是流行音樂社。

換言之，我這輩子沒參加過熱舞社，而這都是因爲我媽覺得參加熱舞社的學生都是壞孩子的關係。

其實我從小就很喜歡唱歌和跳舞，小時候還曾經有過當明星的夢想，可是直到出了社會，我才眞正開始接觸跳舞。作爲一個老少女，在開始學習跳舞的這幾年，我最常浮現的想法是：爲什麼我沒有從高中就開始跳舞？

不曉得你們懂不懂那種感受。

我這人有點強迫症，平時懶惰，不會隨便接觸新事物，但一旦花力氣做了，就會希望做到最好。然而身爲老少女，記憶力和體力都大不如前，這時候就會有點遺憾……在精力最旺盛、狀態最好的年紀，我居然沒有去做我這麼喜歡的一件事。

好，看到這裡，小少女們可能會想：這歐巴桑說了一大堆，到底是想表達什麼？

我想表達的就是：去做你喜歡的事吧，愈早愈好！

相信會看這本書的讀者大部分應該都是跟姚靜敏差不多的年紀，甚至更年輕，這是我對你們最羨慕嫉妒恨的一點：你們才正要青春，而我的青春已逝……借張面紙。

如果有人能在我像你們這個年紀的時候，寫出這麼一本小說（好啦，也許那時候有，但我忙著看總裁系列，沒注意到）告訴我青春的寶貴，我想我會更早接觸跳舞，說不定現在從事的工作就會跟舞蹈有關。

喔，可是這是一個悖論，因爲如果我做了和舞蹈相關的工作，我可能就沒有時間，也不會有那個渴望去寫下這本書了，畢竟在《戀愛要在跳舞前》一書中，女主角對夢想的追求有部分是來自我潛意識的渴望。

去做你喜歡的事吧，愈早愈好。

在你活力充沛、思想活躍且青春美麗的時候，而不是在有了經濟重擔和工作壓力，一旦稍微勞累，身體就出狀況的時候，當然，這還不是最糟的。

最糟糕的就是當你老到只能坐在沙發上亂按遙控器時，腦子裡才想著「爲什麼我當時沒去環島」、「我以前怎麼不學烏克麗麗」、「我爲什麼沒去看過極光」。

好，嚴肅的話題說完了，來閒聊一會兒吧，因爲目前的字數仍未達標準，我還離不開小黑屋的囚禁。這心情像極了平時在站上現榨更新的時候，明明已經超用力了，依舊只能擠出少得可憐的幾行字，而且還寫得不是很滿意。

我的文友和讀者都說我是不睡覺系作家，但事實上是我睡覺的時間和一般台灣人相反，也就是說在我醒著寫字或工作時，台灣人都睡了……不過我想美國人是醒著的，所以其實你們也可以叫我美國時間作家（what?）。

在後記的最後，我想說句謝謝。

因爲我眞的很健忘，又有強迫症，一旦開啓名單羅列模式，就會想一個不落地全部擺上來，只怕這後記的篇幅會塞不下，因爲想要感謝的人眞的非常多。

所以謝天。

不知道現在的國文課本還有沒有這一課。

祝福你們平安喜樂、美若天仙，我們有緣再相見。

吉賽兒

國家圖書館出版品預行編目資料

戀愛要在跳舞前 / 吉賽兒著. -- 初版. -- 臺北市；
城邦原創出版 ： 家庭傳媒城邦分公司發行, 民
107.03
面；公分

ISBN 978-986-96056-2-5（平裝）

857.7 107003349

戀愛要在跳舞前

作　　者／吉賽兒
企畫選書／楊馥蔓
責任編輯／許明珍

行銷業務／林政杰
總 編 輯／楊馥蔓
總 經 理／伍文翠
發 行 人／何飛鵬
法律顧問／元禾法律事務所　王子文律師
出　　版／城邦原創股份有限公司
台北市中山區民生東路二段 141 號 6 樓
電話：(02) 2509-5506　傳眞：(02) 2500-1933
E-mail：service@popo.tw
發　　行／英屬蓋曼群島商家庭傳媒股份有限公司城邦分公司
聯絡地址：台北市中山區民生東路二段 141 號 11 樓
書虫客服服務專線：(02) 25007718・(02) 25007719
24小時傳眞服務：(02) 25001990・(02) 25001991
服務時間：週一至週五09:30-12:00・13:30-17:00
郵撥帳號：19863813　戶名：書虫股份有限公司
讀者服務信箱 email：service@readingclub.com.tw
城邦讀書花園網址：www.cite.com.tw
香港發行所／城邦（香港）出版集團有限公司
地址：香港灣仔駱克道 193 號東超商業中心 1 樓
email：hkcite@biznetvigator.com
電話：(852)25086231　傳眞：(852) 25789337
馬新發行所／城邦（馬新）出版集團 Cité(M)Sdn. Bhd.
41, Jalan Radin Anum, Bandar Baru Sri Petaling,
57000 Kuala Lumpur, Malaysia.
電話：(603) 90578822　傳眞：(603) 90576622
email:cite@cite.com.my

封面設計／黃聖文
電腦排版／游淑萍
印　　刷／漾格科技股份有限公司
經 銷 商／聯合發行股份有限公司
電話：(02)2917-8022　傳眞：(02)2911-0053

■ 2018 年（民 107）3月初版
■ 2018 年（民 107）10 月初版 4 刷
Printed in Taiwan

定價 / 250元

ISBN　978-986-96056-2-5

POPO城邦原創 www.popo.tw　城邦讀書花園 www.cite.com.tw

本書如有缺頁、倒裝，請來信至service@popo.tw，會有專人協助換書事宜，謝謝！